부모가 가져야 할
육아 철학

불안해하지 않고 서두르지 않고
죄책감 없이 아이 키우기

부모가 가져야 할
육아 철학

김한송 지음

프로방스

결핍과 만족의 한 끗 차이

"네가 할 줄 아는 게 도대체 뭐야!"

어릴 적부터 듣고 자란 말입니다. 엄마가 던진 말이 비수처럼 뚫고 들어왔습니다. 어른이 되어서도 이 말이 가슴 속에서 떠나질 않았습니다. 힘들 때마다 부메랑처럼 돌아오는 한마디는 강력했지요. 새로운 경험 앞에서 주저할 때마다 어김없이 나타나 마음을 흔들어 놓았습니다. 거울을 볼 때마다 못나고 한심한 저와 마주해야 했습니다. 축 처진 어깨와 주눅 들어 있는 제 표정이 못마땅했습니다. 그리고 점점 저는 할 줄 아는 게 아무것도 없는 아이가 되어가고 있었지요. '나는 못 해!' '나는 못났으니까!' '나는 할 수 없어!' 저 자신에게 하는 말도 당연히 부정적인 말뿐이었습니다. 제 안의 창에 갇혀 스스로 뭔가를 해볼 용기나 배짱 없이 학창시절을 보냈습니다. 마음속으로 엄마를 원망하고 불안한 심리상태로 살았었지요.

엄마가 돌아가시고 나서도 그 원망이 사라지지 않았습니다. 제대로 소통하지 못하고 떠난 엄마에게 미안하고 안타까우면서도 마음의 갈등은 여전히 남아 있었습니다.

글을 쓰면서 알게 되었습니다. 제가 엄마를 원망하는 감정은 사랑을 받지 못해서가 아니고, 인정의 결핍이었다는 사실을 말입니다. 인정받고 싶었습니다. 칭찬받고 싶었지요. 솔직한 심정을 글로 썼습니다. 제 감정을 그대로 글에 쏟아냈습니다. 후련해지기도 했고 다시 아프기도 했습니다. 엄마가 제 곁에 있다면 말하고 싶었습니다. 표현하지 못해서 쌓여간 가슴속 응어리를 다 풀어내고 싶었습니다. '곁에 없는 엄마를 내가 아직 떠나보내지 못했구나!' 생각하니 물밀듯이 후회가 밀려왔지요. 그런데 계속 엄마 이야기를 글로 쓰면서 차츰 생각이 바뀌기 시작했습니다. 사랑받았던 기억과 저를 강인하게 붙들어 주었던 훌륭한 가르침을 떠올렸지요. 그 힘으로 지금껏 살아올 수 있었으니까요. 스스로 보잘것없는 존재로 여겼던 사람은 엄마가 아닌, 바로 저 자신이었다는 사실을 마주했습니다.

올해 큰아들은 스물아홉이 되었습니다. 오십 중반에 접어들었지만 저는 큰아들과 나이가 같습니다. 엄마 나이로는 스물아홉이니까요. 아이를 배 속에 품을 때부터 지금까지 "엄마"라는 이름은 늘 새로웠습니다. 엄마니까 자녀들에게 아낌없이 주어야 한다는 생각과 멋진 모습을 보여줘야 한다는 두 가지 생각이 늘 공존했습니다. 다시 말하자면, 잘 살아야 한다는 강박과 잘 사는 모습을 보여줘야 한다는 마음으로 지냈습니다. 엄마로 살아온 순간들을 하얀 백지 위에 꺼내놓았습니다. 퍼즐을 끼워 맞춘 듯 사진 한 장만으로도 초보 엄마 시절은 선명하게 소환되었지요. 결혼하면 아이를 낳고 잘 키워야 한다는 생각만 했을 뿐, 특별한 비법이나 전략은 없었습니다. 무슨 일이든 시행착오를 통해 배워가듯 엄마로서 해내는 일도 마찬가지였습니다. 먹이고 재우는 일부터 아이의 성장을 지켜보기까지 고단하고 힘들었지만, 엄마라는 명함은 매 순간 내가 살아있음을 증명해 주었습니다.

이 책을 쓰는 동안 계속 '줄탁동시'라는 고사성어가 머릿속에서 맴돌았습니다. 병아리가 알에서 깨어나기 위해 어미 닭과 병아리가 안과 밖에서 서로 쪼며 도와야 순조롭게 세상 밖으로 나올 수 있다는 의미입니다. 산고의 고통이 생각났습니다. 몸 전체의 뼈 마디마디가 벌어져야 하는 출산의 고통을 이 세상 모든 엄마는 기꺼이 감당합니다. 엄마니까요. 엄마가 된 순간부터 강인함이 장착되기 때문이지요. 더군다나 우리 엄마는 쌍둥이를 낳느라 곱절의 고통을 겪으셨습니다. 의료기술이 좋았던 때도 아니니, 죽을 각오로 계속 쪼고 응원하면서 우리를 낳으셨겠지요. 그렇게 세상 밖으로 나온 자녀들이 진짜 세상을 마주하게 하기 위한 엄마의 방법은 단단한 철벽이었습니다. 자식에게 무엇 하나 허투루 여긴 적이 없었습니다. 완벽하고 단단하게 만들어 보내겠다는 깊은 사랑, 수고를 덜어주고 세상의 인정을 받게 하려는 강한 사랑, 무엇을 하든 당당하게 세상을 살면 좋겠다는 바람으로 애써주심을 이제야 제대로 알게 되었습니다.

엄마로서 살아온 시간을 이야기하는 시간이 뿌듯했습니다. 딸로서 살아온 시간도 기록의 힘을 빌려 마음의 평온을 되찾았습니다. 글쓰기의 위력이라고 말하고 싶습니다. 글쓰기는 저를 세상 밖으로 꺼내준 고마운 은인이기도 하니까요.

매일 글을 쓰고 책을 읽으면서 엄마로서 이만큼 성장한 저 자신을 칭찬하고 인정해주고 있습니다. 인정의 결핍에서 벗어나 이젠 당당하게 제가 저를 먼저 챙기고 보듬을 줄 아는 멋진 엄마가 되었습니다.

글을 쓰면서 있는 그대로 저를 바라봐 주는 연습을 하고 있습니다. 그 덕분에 "전반적으로 당신의 삶에 만족하십니까?"라는 설문지 문항에 중간 이상의 만족도로 답할 수 있게 되었습니다. 나의 존재 자체를 감사하게 여기고 소중히 다룰 줄 알게 되니, 점점 더 세상을 긍정적으로 바라보고 있습니다. 앞으로도 저는 과거의 결핍 대신 현재 삶의 만족을 선택하며 살아가려 합니다.

두 아들이 멋지게 잘 자라주었습니다. 저는 아직도 초보 엄마입니다. 스물아홉 살 엄마는 여전히 모든 면에서 서툽니다. 그렇게 부족한 엄마를 친구처럼 모든 것을 공유하는 아들들이 있어 든든합니다. 아들들의 속마음이 가끔은 궁금합니다. 엄마를 얼마나 잘 이해해 줄지는 모르겠지만, 앞으로도 두 아들을 더 이해하고 다가가려고 노력할 겁니다. 저는 엄마니까요.

자녀와의 소통을 어려워하는 엄마들에게 힘을 드리고 싶었습니다. 갈수록 각박해지고 있는 세상 속으로 아이를 내보내야 하는 엄마의 심정을 누구보다 잘 알기 때문이지요. 저처럼 엄마와의 거리가 멀어져 오랜 시간 방황하는 아이가 없었으면 좋겠습니다. 부모와 자녀의 심리적 거리가 결핍과 만족을 결정합니다. 부모의 마음이 편안해지면 아이도 안정을 찾습니다. 그러기 위해서 내 마음 먼저 돌보는 부모면 좋겠습니다. 그래도 됩니다. 엄마가 건강해야, 아빠가 힘이 있어야 자녀에게도 좋은 영향을 줄 수 있습니다. 부모는 자녀를 책임지는 사람이기 전에 둘도 없는 귀한 자녀였다는 사실을 잊지 않았으면 좋겠습니다. 제가 쓴 글이 조금이나마 도움이 되면 좋겠습니다. 부모와 자녀 사이를 연결해 주는 단단한 끈이 될 수 있기를 바라봅니다. 설레는 마음으로 독자 여러분을 만나러 갑니다. 고맙습니다.

2023년 4월, 봄비 내리는 어느 날
글이 삶이 되는 작가 김한송

자녀 교육에 대한 관심은 세월이 지나도 여전할 것 같습니다. 어떤 부모든 자녀를 건강하고 행복하게 키우고 싶다는 바람 간절할 테니까요. 그러면서도, 하루가 달리 변화하는 세상과 복잡한 인간관계 속에서 풍요롭고 번영하는 삶을 만드는 것이 어렵고 힘들다는 사실을 잘 알기에 걱정과 염려를 지울 수 없는 것이죠. 어떻게 해야 내 아이 잘 키울 수 있을까. 정답은 없겠지만, 여기 또 하나의 길잡이를 만나게 된 것 같아 기쁩니다.

저자는 아들 둘 키웠습니다. 첫째 아들 스물아홉입니다. 건강하고 든든하게 컸고, 지금도 모자는 친구처럼 연인처럼 서로 의지하며 살아갑니다. 아들 키우기 힘들다, 자식 키워 봤자 아무 소용없다, 하소연과 푸념이 관례처럼 나오는 세상입니다. 자녀를 양육하는 데에도 '전략'이 필요하다는 사실을 전합니다.

저자는, 부모와 자녀의 관계를 애정 가득하고 원활하게 가꾸기 위해서는 부모 나름의 소신과 철학을 가져야 한다고 말합니다. 흔들리지 않는 부모의 가치관이 자녀와의 관계를 긴밀하게 유지시켜 나갈 수 있게 해 준다는 뜻입니다.

25년 유아 교육 경력을 가진 저자가 대한민국 부모를 위해 자녀 교육의 전략적 방법을 소개하고, 자신의 경험을 토대로 부모-자녀 간 관계 지침서를 정리했습니다. 이 책이 많은 부모들에게 자녀 교육에 관한 철학과 가치관을 정립하는 데 도움 줄 수 있기를 기대합니다.

"부모와 자녀의 심리적 거리가 결핍과 만족을 결정합니다. 부모의 마음이 편안해지면 아이도 안정을 찾습니다. 그러기 위해서는 내 마음 먼저 돌보는 부모면 좋겠습니다."

저도 한때 아들과의 '심리적 거리' 탓에 마음 무겁게 살았던 적 있습니다. 아들을 내 방식에 맞추려 하기보다는, 나 자신부터 행복해야겠다 생각하고 '전략'을 바꾸었지요. 점점 행복해지는 아빠를 보면서, 아들도 나름의 자리를 찾아 어른이 되었지요. 목표와 계획보다 더 중요한 것이 전략입니다. 특히, 자녀를 교육하는 데 있어서는 부모의 철학과 기준이 전부라고 할 만합니다. 이 책을 계기로 부모와 자녀 사이 끈이 더욱 견고하고 끈끈해지길 소망합니다.

작가와 강연가의 삶을 꾸려내고 있는 저자가 자신의 교육 철학과 신념을 전함으로써, "부모와 자녀가 행복한 세상"을 만드는 데 힘을 보태고 있습니다. 그 용기와 열정에 박수를 보냅니다. 귀한 책을 만나게 되어 감사하고 행복합니다.

자이언트 북 컨설팅

대표 이은대

contents

제 1 장

아낌없이 주는 부모

내 아이 기죽이고 싶지 않아

"엄마, 나 선생님 싫어! 친구랑 둘이서 장난쳤는데 선생님이 맨날 나한테만 뭐라고 해!"

유치원 다닐 때부터 아이가 불평하면 무작정 아이의 말은 듣지도 않고 야단부터 쳤다. 아이들의 눈을 마주 보며 차분히 이야기 들을 시간이 없었다. 학교에 가져가야 하는 준비물이나 행사 일정만 겨우 확인했다. 그저 아이들이 아무 탈 없이 학교 잘 다녀오면 그걸로 감사했다. 머릿속에는 직장의 일이 돌덩어리처럼 얹어진 나는 워킹맘이었다.

첫아이 돌이 막 지난 후부터 본격적으로 직장생활을 시작했다. 직장을 다니겠다고 맘먹었을 때 가장 큰 걱정거리는 육아였다. 하지만 시부모님의 격려로 시작할 수 있었다. 아이를 돌봐준다고 하신 말씀에 용기를 냈다.

첫아이가 다섯 살 때 처음으로 교육기관을 찾았다. 집에서 가깝고, 차량 운행도 해주는 유치원이었다. 아이 아빠가 어릴 적 다니던 유치원이니, 역사와 전통을 자랑하는 기관임에는 분명했다. 입학하려면 몇 달 전부터 대기를 걸어놓아야 할 만큼 인지도가 높은 유치원이었다. 천주교 재단에서 운영하기에 거부감도 없었다. 성당에 다니면서 아이들 유아세례도 받았던 터라 훨씬 마음이 편했다. 아무것도 따지지 않고 결정했다. 원장 수녀님과 선생님들이 남다르게 보였다. 무조건 신뢰가 갔다. 유치원이라는 공간이 엄마의 공백을 메꿔줄 수 있을 거라고 확신했다.

"어머님, 상담을 좀 하고 싶은데요. 언제 데리러 오실 수 있나요?"

입학을 하고 두 달이 지날 무렵이었다. 갑작스러운 선생님의 전화였다. '상담? 전화로 할 수는 없나?' 별일 아니겠지 생각하면서도 날카로운 선생님의 목소리가 마음에 걸렸다. 하는 수 없이 서둘러 조퇴했다. 유치원에 가는 동안 별의별 생각이 들었다. 걱정과 불안이 성큼 다가왔다. 그 와중에도 빈손으로 갈 수 없어 비타민 음료를 사서 유치원에 들어갔다. 복도 끝에서 아들은 혼자 앉아 있었다. 그때부터 심장이 요동치기 시작했다. 자초지종을 떠나서 불쾌하고 언짢았다.

"왜 복도에 혼자 나와 있어? 선생님 말씀 안 들었어? 친구랑 싸운 거야? 언제부터 혼자 있었어?"

속상한 마음을 감추지 못하고 아이에게 폭풍 질문을 쏟아부었다.

해맑은 표정으로 말을 하는 아이 모습에도 내 표정은 굳어졌다. 별일도 아닌데 아이를 밖에 혼자 두나 싶으니 큰 소리로 따지고 싶은 마음이 앞섰다. 내 자식만 소외되었다고 생각하니, 온몸이 부들부들 떨렸다. 내 아이만 미움받고 있다는 기분이 들어 당장 아이를 데리고 나오고 싶었다. 곧바로 선생님이 나왔다. 얼굴에 웃음기 하나 없는 무거운 표정이었다.

아이가 친구들과 장난이 짓궂고 말을 듣지 않아 상담하고 싶었다는 선생님의 첫마디부터 기분이 상했다. '장난을 치며 노는 게 뭐 잘못되었나? 다섯 살 아이가 다 그렇지, 그게 뭐가 어쨌단 말이야?' 선생님의 무뚝뚝한 말투와 표정에서 경험이 부족한 교사임을 직감했다. 상담하는 동안 내 눈을 제대로 보지 못했다. 자기감정을 추스르지 못하고 학부모한테 따지듯 말하는 교사에게 무슨 말을 해야 할까 한참 망설였다.

엄마로서 처음 겪는 일이었다. 욱하는 마음이 앞섰다. '아이를 가르쳐 본 경험도 없으면서 유아의 발달단계를 알긴 하는 거야?' '결혼도 안 하고, 아이도 낳아보지 않은 선생님이 엄마 마음을 알 리가 없지.' 속이 타들어 갔다. 아이를 데리고 빨리 유치원을 벗어나고만 싶었다. 아이가 보는 앞에서 선생님께 화내고 따질 수는 없었다. 더군다나 나도 유아들을 가르치는 교사라서 더 조심스러웠다. 무표정한 내 모습을 보고 선생님도 눈치가 보였는지, 그림도 잘 그리고 발표도 잘하는 똑똑한 아이라며 어색하게 말을 이어갔다. 어떤 말도 귀에 들어오지 않았다. '다섯 살 아이가 장난기 가득한 건 당연한 성장 과정 아닌가? 제대로 아이를 파악하지도 못하면서 지금 뭐라는 건지……' 속으로만 끙끙 앓는 동안 내 표정은 점점 일그러졌다.

나도 교사 경력 2년째까지는 의욕만 앞서고 힘들었었다. 아이들이 내 뜻대로 따라 주지 않아 혼자 정신없이 바쁘기만 했으니까 말이다. 하지만 적어도 부모에게 기본예의를 지키는 것은 당연한 교사의 의무였다. 아무리 이해하려고 해도 그 상황은 답답하기만 했다. 선생님은 활동적이고 적극적인 아이의 모습이 다소 버겁게 느껴지는 듯했다. 규칙에서 조금만 벗어나도 힘들어하는 선생님이었다. 교사의 가르치는 방법이 아이의 성향과 맞지 않음을 알았다. 유아들을 대하는 선생님이 맞나 싶을 정도로 낯설었다. 퉁명스러운 말투와 표정에서 일을 대하는 태도를 볼 수 있었다. 첫 교육기관에서 만난 첫 번째 선생님이었는데. 기대가 컸던 만큼 실망도 컸다. 다른 직업을 택해야 하는 게 아닌가 하는 생각마저 들었다.

그럴싸한 건물과 대기 인원이 많은 유치원이 중요한 게 아니었다. 줄을 서고 원비가 비싸면 뭔가 제대로 해준다는 엄마의 보상심리가 있었을지도 모르겠다. 교사의 태도가 얼마나 중요한지

새삼 느낄 수 있었다. 집으로 돌아와 한참을 생각하고 마음을 정리한 뒤, 선생님께 문자메시지를 보냈다.

"아이들은 놀이가 일상입니다. 선생님의 통제 방법은 아이들에게 부정적인 영향을 줄 수도 있다고 생각됩니다. 작은 사회를 처음 경험하는 다섯 살 아이입니다. 따뜻한 사랑으로 아이의 마음을 읽어주시길 부탁드립니다. 가정에서도 주의 깊게 가르치겠습니다. 감사합니다."

선생님은 맨날 화만 낸다고 이야기하던 아이의 말이 그제야 생각났다. 집에 와서 말없이 아이를 꼭 안아주었다. 무조건 믿고 맡겼던 담임선생님은 사회초년생이었다. 교사로서 경험이 부족한 것은 어쩔 수 없다 하더라도 무엇보다 아이를 사랑하는 마음이 느껴지지 않았다. 방법이 서툴더라도 진심으로 아이를 대하고 사랑하는 마음만 있다면 아무런 문제가 되지 않을 텐데…….

그 일을 계기로 유아 교사로 일하고 있는 나 자신도 돌아보게 되었다. 아이와 학부모를 대할 때 나의 표정과 태도에 대해 의식적으로 체크했다. 내가 결혼과 출산이라는 과정을 거치지 않았다면 어땠을까. 나 또한, 아이와 부모의 마음을 온전히 공감하기는 어려웠을 터다. 학부모의 마음을 좀 더 헤아려야겠다고 생각한 경험이었다.

교사로 근무할 때 대형문구점을 자주 갔다. 다양한 문구류와 수업자료가 많아서 동료 선생님들과 함께 단골처럼 드나들었다. 그날도 엽서와 편지지, 기타 필요한 물품을 잔뜩 바구니에 담고 있었다. 갑자기 큰 소리가 나기 시작했다. 일제히 사람들의 시선은 계산대 앞으로 향했다.

"제 아이지만 절대 용서해 주지 마세요! 저는 그렇게 키우지 않았거든요. 세상에 웬일이야, 내가 못 살아! 너 빨리 무릎 꿇고 사과해!" 고함을 지르는 엄마 옆에는 죄인처럼 서 있는 한 학생이 보였다. 교복을 입은 걸 보니 중학생쯤 된 듯했다. 엄마는 아이 보란 듯이 더 크게 소리를 질렀다. 주위 시선 따윈 신경 쓰지 않았다. 매대에 있는 직원이 엄마를 진정시키고자 밖으로 데리고 가고 나서야 조용해졌다.

바구니에 담은 물건을 계산하면서 무슨 일인지 조심스레 물었다. 아이가 오래전부터 물건을 계속 훔치는 장면이 CCTV에 발각되었다고 한다. 몇 차례 경고에도 고쳐지지 않아, 부모에게 사실대로 말한 후 벌어진 일이었다. 아이에게 도벽이 있었던 것 같다. 이런 경우 자녀의 잘못을 바로 인정하는 부모는 드물다. 아이의 잘못을 알면서도 오히려 더 큰 소리 치기도 한다. 어찌 된 일인지, 이 엄마는 전혀 반대였다. 혹시나 엄마의 자존심 때문은 아니었을까? 과연 많은 사람 앞에서 그렇게 아이를 기죽이는 것만이 방법이었을까? 한참 예민한 사춘기 아이에게 수치심과 창피함을 느끼게 하는 것이 올바른 교육일까? 엄마 입장, 아이 입장 모두 헤아려 보는 시간이었다.

　한참 시간이 흐른 지금도 종종 생각이 난다. 아이의 도벽은 멈춰졌을지 궁금하다. 엄마에게 오히려 반감이 생겨 더 삐뚤어지지는 않았을지 괜스레 걱정도 되었다. 무조건 내 자식 기 살려준다고 잘못된 행동을 못 본 척하는 것은 잘못이다. 그렇다고 부모의 자존심을 살리고자, 여러 사람 앞에서 아이에게 면박을 주는 것도 잘못된 양육 태도다. 아이의 인격도 존중되어야 하기 때문이다. 모든 부모는 바르게 크길 바라는 마음에서, 잘못된 행동을 보면 고쳐주고 싶어 마음이 조급해진다. 하지만 부모가 감정대로 맞서면 아이와의 관계는 틈이 생기고 멀어지게 마련이다. 엄마 한 명은 백 명의 스승보다 낫다는 말이 있다. 아이의 기를 살려주는 일은 아이를 존중하는 마음가짐부터 시작된다.

불평이 늘어나는 아이들

부모가 되어보지 않고 부모의 뜻을 다 헤아린다는 건 사실상 어려운 일이다. 자식을 키우는 과정을 통해 부모가 나를 얼마나 귀한 존재로 대했는지, 내가 얼마나 소중하게 자랐는지 그제야 알 수 있기 때문이다. 엄마가 되고 나서야 엄마 마음을 이해할 수 있었으니, 참 오랜 시간이 걸렸다. 어렸을 때 엄마 아빠가 사주는 모든 것은 당연하다고 생각했다. 지금은 잘 사용하지 않는 '빔'이라는 단어는 듣기만 해도 설렜다. 추석빔, 설빔, 1년에 딱 두 번 있는 명절날, 새 옷을 입을 때면 날아갈 듯 기분이 좋았다. 안 사줄 때면 속으로 꽁해서 토라지기도 했다. 딸 하나라고 입는 옷에 각별한 신경을 써 주셨는데도 감사한 줄 몰랐다. 엄마 아빠는 울트라 슈퍼우먼, 슈퍼맨인 줄 알았다.

부모가 되고 나서야 당연함의 실체가 벗겨졌다. 내가 누린 모든 것은 오롯이 부모의 인내와 희생의 결실이었음을 알게 되었다. 내 아이를 키워보니 비로소 감사하는 마음을 가르쳐야 한다는 생각이 들었다. 불평도 습관이다. 무엇이든 쉽게 얻어진다고 생각하는 것 자체가 불평이다. 아이를 위해서라면 뭐든 다 해주고 싶은 마음이 부모 마음이다. 하지만, 부모의 지나친 허용이 불평을 더 키우고 있지는 않은지, 생각해 보아야 한다. 요즘은 사소한 것부터 미리 채워주는 부모들이 많다. 부족함 없이 크는 아이들은 큰 난관에 부딪혔을 때 쉽게 좌절하기도 한다. 작은 것에도 감사하는 자세를 가지게 하려면 부모의 의식적인 노력이 필요하다.

코로나 상황이 심각해지면서 교육기관도 분주해졌다. 나라에서 내려온 방역지침에 따른 매뉴얼에 신경을 바짝 곤두세워야 했다. 아이 키우는 가정에서도 지쳐갔다. 막 신학기를 시작할 무렵이었기 때문에 등원을 못 하는 기간이 늘어날수록 초긴장 상태였다. 하지만 교육기관과 가정의 협력으로 점차 적응해 가고 있었다. 아이들도 반복적인 교육을 통해 마스크 착용과 손 씻기 등 위생적인 생활을 잘 따라와 주었다. 정상 등원이 시작된 지 일주일째 되는 날이었다. 일곱 살 반 선생님이 우진이를 원장실로 데리고 왔다. 어찌 된 일인지 눈물 콧물 범벅이 되어 울고 있다. 선생님을 통해 우는 이유를 듣고 웃음만 나왔다. 엄마가 가방 속에 넣어준 여분의 마스크가 KF94 마스크가 아니라는 이유였다. 그래서 우진이를 진정시키고 설명해주었다.

"우진아, 모양만 달라. 이것도 코로나 예방에 효과가 좋은 마스크야. 원장님이 오늘 특별히 새것으로 바꿔줄 테니까 울지 말고 대신 약속하자. 엄마한테 떼 부리지 않겠다고. 눈물 뚝!"

언론매체를 통해 아이들도 보고 듣는다. 그때만 해도 마스크를 구하기도 어렵고 비쌌다. 마스크 성능과 코로나와 밀접한 관계에 있다고 떠들썩하게 보도되었을 때였다. 엄마가 최고로 좋은 것을 준다는 무의식이 아이에게는 당연하게 전달되었을 터다. 풍요 속의 빈곤일까? 원하는 것을 마음대로 쉽게 가질 수 있다고 생각하는 아이의 표정에서 어른의 역할은 무엇일까 고민이 되었다. 마스크 때문에 겪었던 에피소드에서 아이들의 풍요로운 환경이 늘 좋은 것만이 아님을 느꼈다.

내가 22년을 몸담았던 어린이집은 회사 사원들의 복지를 위해 설립된 보육 시설이었다. 학부모 부담금이 거의 없었다. 캠프나 생일파티 비용만 소액으로 학부모가 부담했고, 나머지는 일체 회사에서 지원이 되었다. 2012년부터 무상보육제도가 도입되면서 그 소액마저도 받지 않고 운영했다. 학부모 만족도는 당연히 높았다. 일단 비용면에서 부담이 없었다는 것이 첫 번째였다. 그런데 나는 비용보다 체계적이고 바른 교육의 만족도를 더

높이고 싶었다. 다양한 교육 행사와 프로그램을 연구하고 고민했다.

매월 셋째 주 수요일에 아이들의 생일파티가 열렸다. 아이들에게는 최고의 축제가 따로 없다. 원에서 준비한 선물, 선생님의 정성 가득한 편지와 선물, 또 친구들에게까지 선물을 받고 맛있는 간식도 많이 먹을 수 있으니 아이들에게는 최고의 날이다. 가방 가득 선물꾸러미를 들고 가는 행복한 날이었다. 그럼에도 불구하고 단체 행사는 과감하게 없애고 간소화시켰다.

특별한 날 특별하게 축하받는 순간은 모두에게 행복한 일이다. 그러나 운영자이자 교육자의 입장으로 전체를 보는 판단이 필요했다. 누구 하나 소외되는 모습이 보이거나 치우칠 우려가 있다면 고민하며 해결해야 하는 것이 내 몫이었다. 공동체 생활을 하다 보면 비교되고 상처받는 아이가 생기게 마련이다. 부모의 과한 선물 공세가 원인이었다. 물론 아이를 사랑하는 마음의 표현이었지만, 다른 아이들에게 미치는 영향은 컸다. 친구와의 비교 때문이었다. 선물 릴레이 현상이 과다하게 생겼다. 1년에 한 번이라고는 하지만 엄마들의 부담이 늘어난다는 것을 감지했다. 아이 성화에 못 이겨 어쩔 수 없이 선물을 보냈으니 말이다. 이런 현상은 군중심리의 악영향이라 볼 수 있다. 아이들은 한참 자라는 시기라서 가지고 싶은 것도 많고 유행하는 캐릭터에도 민감하다. 아이의 심리를 충분히 이해해 주되 꼭 필요한 소비가 아니라는 판단이 서면 엄마가 멈출 줄 알아야 한다. 물질적인 욕구를 참을 줄 아는 가르침도 중요하다. 생일날 선물도 좋지만, 태어난 히스토리에 대해 이야기를 나누는 시간이 훨씬 의미 있다.

물론 처음엔 학부모들의 반발이 있었다. 비용을 따로 부담할 테니 예전처럼 행사를 진행해 달라는 의견도 있었다. 그럴 때면 나의 교육 철학을 설명했다. 어린 시절 물질에 대한 욕구와 비교 심리를 부모인 우리가 지혜롭게 대처해야 한다는 소신을 밝혔다. 모두의 욕구를 다 맞출 수는 없지만, 옳다고 생각했기에 과감하게 결정했다. 전체적인 행사는 없어졌지만, 아이들의 생일날 정성 가득한 교사의 편지와 사랑을 맘껏 표현해 주도록 했다.

친하게 지내는 지인 한 분으로부터 육아에 대한 고충과 재미난 에피소드를 가끔 듣는다. 몇 년 전부터 재택근무로 방향을 바꿔 육아와 일을 동시에 하는 분이다. 아이들과 지지고 볶는 일상을 듣고 있으면 재미있기도 하고 새삼스럽기도 하다. 아들들이 성인이 된 나는 육아에서 멀어진 지 오래라서 많은 공부를 하게된다. 얼마 전부터 둘째와 셋째가 허구한 날 붙어있으면 싸우기를 반복했는데, 이젠 사이좋게 지낸다는 것이다. 궁금했다.

비결은 바로 용돈 제도였다. 정해진 시간 안에 핸드폰을 엄마에게 반납하고 일찍 잠자리에 들 때, 싸우지 않고 책을 열심히 읽을 때, 학교에서 오자마자 과제 먼저 할 때, 엄마가 일에 집중하면 조용히 해줄 때……등 기준을 정해서 용돈을 준다고 한다. 물론 규칙을 지키지 않았을 때는 벌금제도도 있다고 했다.

처음 며칠간은 용돈 받을 욕심에 했지만, 이젠 스스로 알아서 자기 할 일은 척척 해내는 좋은 습관으로 자리 잡았다고 한다. 역시 부모의 작은 관심과 전략이 아이를 독립적으로 할 수 있게 만든다.

아이도 커갈수록 세상을 살아가는 방법을 터득해 나간다. 교육을 통해서 새로운 정보를 알게 되고, 친구나 선생님의 모습을 보면서도 배운다. 어떻게 가르치고 보여주느냐에 따라 우리 아이들의 불평도 감사로 바꿀 수 있다. 엄부 밑에서 효자가 나온다는 옛말은 틀리지 않는다. 귀한 자식이라고 다 허용해 주다 보면 불평만 늘게 된다. 당연함이 몸에 배기 때문이다. 이왕이면 좋은 성품이 습관으로 자리 잡으면 좋지 않을까? 어릴 적부터 작은 것에 감사를 느낄 수 있도록 절제된 습관을 길러주는 것이 바람직하다. 부모가 언제까지 대신 살아줄 수 없으니 말이다. 불평할수록 우리의 뇌는 더 부정적으로 바뀐다고 했다. 반대로 매사 긍정적으로 생각할수록 더 감사하는 삶을 살아갈 수 있다.

주어진 환경에 감사할 줄 아는 아이로 키워야 한다. 가진 것에 만족할 수 있도록 가르치면 좋겠다. 부모가 힘들면 힘들다고 말해야 하고, 비싼 옷과 가방 등을 사주지 못할 때도 당당하게 말할 수 있어야 하지 않을까. 그런 용기도 자식에 대한 큰 사랑이다. 세상에 당연함은 없으니까 말이다.

오늘은 큰 도화지를 펴 놓고 가족과 함께 "감사 릴레이 게임"을 해보면 어떨까?

허리가 휘는 부모들

고령화 시대에 접어들면서 여러 문제점이 나오고 있다. 가족, 복지, 경제 문제 등이다. 100세 시대라는 말이 마냥 달갑지만은 않게 된 것이다. 평균 직장 정년이 60세라고 가정했을 때 40년을 일자리 없이 살아가야 하는 현실이라면, 생각만으로 가슴이 턱 막힌다. 은퇴 이후 여유로운 삶을 설계하기 위해서는 무엇보다 경제적인 요소가 필수다. 한국은 2000년에 이미 고령화 시대에 접어들었고, 이제 불과 30년 후면 OECD 평균 고령 인구를 뛰어넘는 초고령화 시대가 된다는 통계청 결과다.

"캥거루족"이라는 신조어가 나온 지 오래다. 부모에게 경제적으로 독립하지 않은 채 의지하며 사는 20~30대 젊은이들을 일컫는 말이다. 부모의 아름다운 노년의 삶! 지킬 수 있을까?

내가 중학교에 다니던 1980년대에는 나이키 신발을 신고 다니는 학생은 전교에서 한두 명쯤밖에 없었다. 모두가 부러워했다. 너무 고가라서 유명 메이커 의류나 신발은 자녀에게 웬만해서는 사주기 어려웠다.

그때만 해도 분기별로 납부금을 내고 학교에 다녔다. 납부금을 형편상 내지 못하는 가정도 많았다. 그런 사회적 분위기를 자녀들도 당연하게 받아들였다.

40년이 지난 지금은 어떠한가. 한 가정의 한 자녀가 대부분이다. 내 자식 기죽이고 싶지 않아 어떻게든 유행에 뒤처지지 않도록 부모들은 애가 닳는다. 물질만능주의라는 수식어가 지극히 자연스러워졌다. 부모가 자식을 위한 마음, 꼭 경제적인 것으로 보상해야 할까?

초등학교 3학년 때 우리 집에 컬러TV가 생겼다. 바로 옆집에 살던 대학생 언니 오빠들은 저녁마다 우리 집으로 모여들었다. 요즘처럼 스마트폰이나 전자기계가 발달하기 전이었으니, TV 드라마가 유일한 볼거리였다. 전화기가 있는 집도 별로 없었다. 옆집에 사는 이웃들도 가끔 우리 집 전화를 사용하곤 했다. 그래서 우리 집이 부자인 줄 알았다. 어린 마음에 우쭐해지기도 했다. 학교에서 새 학기만 되면 어김없이 '가정환경 실태 조사서'를 작성했다. 집이 자가인지, 전세나 월세인지, 가전제품(냉장고나 TV),

그리고 피아노와 자동차의 유무 등이었다. 부유하진 않았지만 부족하다 느낀 적 없었다. 욕심 없는 성격이라 그랬을지도 모르겠다. 식탐도 없고, 물건을 갖고 싶은 욕구도 별로 없었다. 쌍둥이로 태어나 허약한 몸에 병치레를 많이 하며 컸다. 엄마는 가족이 먹을 음식에 우선순위를 두었다. 인스턴트 음식은 절대 먹지 못하게 했고 좋은 것만 준비해 주셨다. 약골로 태어난 나에겐 1년에 두 번 이상 보약을 먹였다. 엄마 배 속에서부터 내걸 다 뺏어먹었다고 생각되는 동생도 같이 먹었다. 그땐 그 모든 것이 당연한 줄 알았다. 아니 아무 생각이 없었다는 표현이 맞을 것 같다.

대학에서 유아교육을 전공하고 바로 피아노 교습소를 운영했다. 내가 내 힘으로 학원을 차린 게 아니었다. 아르바이트 한번 해보지 않은 나였다. 엄마는 아빠가 돌아가시자마자 슬퍼할 겨를도 없이 가장이 되어 사회의 일터로 뛰어드셨다. 삼 남매를 먹이고 입히고 가르쳐야 했는데, 무슨 돈으로 학원을 차려 주셨을까. 항상 지혜롭고 위기에 강한 엄마였다. 엄마의 수고로움을 보면서도, 엄마니까 그래도 된다고 무의식중에 생각했던 것 같다.

엄마가 학원을 차려 주셨다. 다른 사람이 운영하던 학원을 보증금 천만 원과 권리금 오백만 원을 주고 인수했다. 그 당시는 큰돈이었다. 교사로 재직 중이셨던 아빠가 들어둔 교원 연금에서 대출받았던 것을 나중에서야 알았다. 그 사실을 알고부터 레슨비를 받으면 그대로 봉투에 넣어 엄마께 드리고 용돈을 타 썼다.

　요즘 시대의 육아용품은 상상 이상으로 고가다. 자녀가 생기면 육아에 드는 기본적인 비용은 어마어마하다. 평범한 직장인들은 결혼해서 대출금을 갚기도 빠듯하다. 그럼에도 아이에게 뭐든 주고 싶은 마음에 어린이날이면 북적이는 장난감 코너 앞에서 긴 줄을 선다. 그런 모습을 보면 부모는 당연히 자식에게 끊임없이 뭔가를 주는 사람이라고 인식하기 쉽다. 어른이 되어 생각해 보니 당연한 것은 없었다. 부모는 나를 위해 뭐든 주는 사람이 아님을 좀 더 일찍 알았더라면 얼마나 좋았을까?

　다섯 살 민우가 생각난다. 민우 엄마는 혼자 아이를 키우는 가장이다. 열심히 일하면서도 민우를 잘 키우려고 노력했다. 민우의 생일날, 민우 엄마는 반 아이들과 함께 먹으라고 케이크를 보내 주셨다. 그런데 민우는 케이크를 보자마자 다짜고짜 울기 시작했다. 당황한 담임교사는 내게 데리고 왔다. 울면서 전화해 달라고 떼를 부렸다. 직장에 다니고 있는 엄마들에겐 급한 일 아니면 전화를 하지 않는다. 행여 아이에게 무슨 일이 있나 걱정하기 때문이다.

　"어머님, 민우가 보내주신 케이크를 보자마자 울면서 무작정 전화해 달라고 막무가내라서요."

　진정시키고 귀에 전화기를 대 줬다. "엄마, 왜 타요버스 케이크 안 사줬어? 그거 자랑하고 싶단 말이야!"

민우가 평소에 '타요' 캐릭터에 푹 빠져 있었던 모양이다. 말만 하면 엄마가 다 들어줬을까? 엄마는 결국 근무복을 입은 채 다시 케이크를 사서 어린이집으로 달려왔다. 마치 죄인처럼 쩔쩔매는 모습이 안타까웠다.

나이 듦이 두려울 때가 있다. 특히 내 몸이 아팠을 때가 그렇다. 누구나 건강하고 활기찬 노후를 살고 싶다는 마음을 품고 산다. 평균 수명이 길어지면서 일과 삶의 균형이 그 어느 때보다 중요해졌다. 자녀가 독립하기 전까지 부모 역할을 잘 해내는 것은 당연하다. 하지만 모든 것을 다 줘야 한다는 강박에서는 벗어나야 한다. 자녀가 성인이 되기 전까지 할 수 있는 것과 할 수 없는 것을 구별하게 하는 훈련이 필요하다. 의식적인 부모의 가르침만이 스스로 절제하고 생각하는 기회를 줄 수 있다. 부모가 자녀 곁에 언제까지 머물러 줄 수는 없지 않은가. 우리의 삶은 완전하지 못하다. 매 순간 자녀와의 행복한 기억을 쌓아가되, 부모 자신의 아름다운 노후를 준비해야 한다. 그것이 어쩌면 평생 서로에게 감사함을 느끼며 살아갈 수 있는 지혜가 아닐까.

언제나 무엇이든지 손에 넣을 수 있게 해주는 일은 자식을 불행하게 만든다는 명언이 있다. 자녀만 바라보지 말고 부모의 안정된 일상을 위해 계획하는 삶을 준비하면 좋겠다.

나는 어떤 엄마일까

지난주 MBTI 성격유형 강의를 들었다. 7년 전쯤 서울에 있는 한 연구소에서 접했던 강의였다. 그때는 어렵게만 느껴졌다. 강의를 들은 후 곧바로 적용하지 못했다. 까마득하게 잊어버려 다시 공부했다. 강사는 교육을 시작하기 전 당부의 말을 건넸다. 나를 알고 상대를 앎으로써 서로 다름을 인정하고 존중하기 위한 도구로 공부를 했으면 하는 바람을 전했다. 요즘 20~30대 젊은 층에서는 무조건 MBTI 성격유형을 편 가르기식으로 해석하는 경향이 있기 때문이라고 덧붙였다. 인터넷으로도 간단히 검사할 수 있어 자기의 성격을 파악하기가 쉬워졌다. 그만큼 보편적인 검사가 되었지만, 전문적으로 알지 않은 상태에서는 오히려 섣부른 판단이 될 수 있다.

가장 먼저 알아야 할 대표적인 유형이 바로 E(외향형)와 I(내향형)이다. 다양한 사례 중심으로 듣다 보니, 정확히 나의 성격유형을 정리해 볼 수 있었다. 온순하고 내성적인 사람이라고 해서 모두 I(내향형)라고 말할 수는 없다. 마찬가지로 겉보기에 활달하고 에너지 넘쳐 보인다고 해서 모두 E(외향형)로 판별하기는 어렵다. 강의를 듣고 곰곰이 다시 체크 해봐도 나는 I(내향형)였다.

타고난 기질은 좀처럼 바뀌지 않는다. 하지만 어른이 되고 다양한 경험을 하면서 조금씩은 달라질 수 있다. 나도 지금까지 느린 속도지만 변화해 왔다.

학창 시절 내내 나는 말 수 없는 아이였다. 겉보기에는 착한 딸, 착한 학생이었지만, 마음속에서는 불만과 짜증이 차곡차곡 쌓여갔다. 엄마나 선생님 말씀이 이해되지 않을 때가 많았다. 모르는 것은 다시 물어보면 되는데, 속으로만 애를 태웠다. 내 의견을 잘 표현하지 못했다. 어쩌다 내 생각을 꺼내려고 하면 엄마도 선생님도 그 시간을 기다려주지 않았다.

느리고 더딘 기질로 태어났다. 행동이 느렸고 주도적인 힘을 갖지 못했다. 매번 답답하다는 말을 듣고 컸다. 그렇게 움츠러드는 사이, 내 마음속에서는 부정적인 생각들이 자라고 있었다. 내성적인 성격의 나와는 다르게 느낀 감정 그대로를 바로바로 내뱉는 외향적인 친구들이 부러웠다. 그래서 혼잣말이 늘어갔다. 내 마음을 알아주는 사람이 없다고 생각될 때 어김없이 혼자 조용히 생각하는 시간을 가졌다. 그런 내 모습을 좋아해 주는 친구들도 있었다. 반대의 성향은 서로 끌림이 있었던 게 아닐까?

　어린 시절에 비해 지금 내 모습은 많이 달라졌다. 초보 엄마였던 내가 엄마 연습을 거쳐 성숙한 엄마로 변화했듯이, 세상 경험을 통해 좀 더 적극적인 사람이 되었다. 완벽한 내향형인 나는 생각이 많았다. 그래서 행동으로 옮겨지기까지 많은 시간이 걸렸다. 하지만 세상 물정 모르고 한 '결혼'이라는 제도는 나를 달라지게 만들었다. 나와 다른 많은 것들을 받아들이고 이해해야만 하는 과정이었다. 엄마가 된 이후부터는 유년 시절의 내가 계속 떠오르기 시작했다.

　내향형이었지만, 아이들을 가르치는 경험을 쌓아가면서 씩씩해졌다. 동료 교사와의 은근한 경쟁에서도 지고 싶지 않은 속마음을 알게 되었다. 그때부터 나는 타고난 기질에 관심을 가졌다.

　첫 아이를 낳고 아이와 함께 있는 시간은 달콤했다. 하지만 점점 자기주장이 뚜렷하게 나타나기 시작하면서부터 아이와의 씨름도 깊어졌다. 엄마가 하라는 대로 고분고분하게 컸던 나와는 정반대였다. 그런 아이가 이해 안 될 때가 많았다. 아이의 성향은 완벽한 E(외향형)였다.

　세 살이 된 아이와 함께 백화점에 갔을 때의 일이다. 어버이

날 부모님 선물을 사기 위해 선물을 고르던 참이었다. 처음으로 데리고 간 아이의 눈은 이곳저곳을 탐색했다. 한참 호기심이 많은 아이였으니까 신기했을 터다. 쭉 둘러보고 있는데, 아이가 계속 손가락으로 가리켰다.

"엄마, 엄마! 저거 내꺼 내꺼······" 한참 둘러보다 아이가 가리키는 쪽을 바라보니 마네킹에 예쁜 옷이 걸려 있었다.

"이거? 이건 형들이 입는 옷이야. 다음에 사줄게. 알았지?"

그때부터 소리를 질렀다. 자기 것이라고 무조건 사달라고 떼를 부리기 시작했다. 점점 목소리가 커지더니 아예 바닥에 주저앉아서 칭얼댔다. 점원도 당황했는지 내 표정을 살폈다.

깔끔한 아이보리 색상 조끼였다. 미키마우스가 예쁘게 수놓아진 멋스러운 옷이었다. 아들이 입으면 너무 예쁠 것 같았다. 일단 가격표를 먼저 보았다. 브랜드값인지 백화점 옷은 비쌌다. 25년 전 8만 원이면 꽤 큰 돈이었다. 금방 크는 아이에게 비싼 옷을 사 입히기는 부담이 되었다. 아이를 달래고 나오려는데 소용없었다. 얼마나 서럽게 울던지, 누가 보면 내가 아이를 학대라도 한 것처럼 오해하기 딱 좋은 상황이었다. 결국, 조금 큰 사이즈로 구매했다. 아이는 패션에 남다른 감각이 그때부터 있었던 듯하다. 어쨌든 아이의 욕구를 해결하기 위해 비싼 값을 치렀다. '앞으로 이런 일들이 많을 텐데······.'세상에서 가장 어려운 일은 좋은 엄마가 되는 일임을 실감했다.

아이의 나이만큼 엄마 나이도 무르익는다. 아이의 성장에 따라 엄마의 마음도 성장한다. 나는 욕심도 없었고, 원하는 것을 말하지 못하고 컸다. 그건 누구의 탓이 아니었다. 타고난 성향 때문이었다. 내 아이는 달랐다. 갖고 싶은 것, 먹고 싶은 것, 하고 싶은 것을 망설임 없이 표현하고 주장했다. 나와 전혀 다른 성향인 아이를 점차 이해하고 있는 그대로 바라보기 시작했다. 그런데 이상하게도 아이를 통해 대리만족이 되었다. 내가 표현하지 못했던 시간을 보상해 주는 것처럼 느껴졌다.

어린이집 원장으로 재직하던 때 부모교육을 주기적으로 진행했다. '나는 어떤 엄마인가'라는 주제로 강의했을 때가 기억난다. 우리는 어쩌다 보니 엄마가 되었을 뿐, 제대로 준비하고 엄마가 된 사람은 많지 않다. 엄마 자신에 대해 제대로 알아가는 시간이 필요하다고 생각했다. 부모인 내 모습을 알아야 아이를 키우는 데에도 도움이 될 듯해서 준비한 주제였다. 아이의 마음을 도무지 이해하기 어렵다고 하소연하는 부모들과 소통하며 이야기를 나누었다.

자녀를 가르치는 훈육방식은 대부분 부모의 영향을 받았을 가능성이 크다. 부모에게 받은 생활 습관이나 가치관이 자녀에게 그대로 스며들기 때문이다. 내가 어떤 엄마인지 알기 전에 우선 엄마의 관점부터 바꿔야 한다. 아이를 독립된 인격체로 존중하는 마음가짐이 먼저다. 그렇게 함으로써 아이에게 선택권을 주어 자연스럽게 책임감을 가질 수 있도록 가르칠 수 있기 때문이다. 그래야 자녀도 독립적으로 생각하고 판단하는 힘이 생긴다. 또한, 부모의 말을 더 이해하고 공감할 수 있는 사고로 확장할 수 있다. 부모의 욕심으로 아이를 바꾸려고 하는 생각 자체가 아이를 소유물로 인식하기 때문이다. 부모로서 생각을 점검하는 시간을 꾸준히 가져보면 좋겠다.

끝도 없는 부모의 기대와 집착

자녀에게 유난히 집착하는 부모들이 있다. 눈높이를 맞추기보다 부모의 기준이 먼저인 경우다. 이루지 못한 꿈을 강요하는 부모들의 경우, 자녀를 자신과 동일시하여 지나치게 개입한다. 타고난 점을 존중해 주기보다 부모의 생각을 심기에 바쁘다. 아이의 생각이 자라날 때쯤 자연스럽게 자녀와의 소통은 꽉 막히게 된다. 부모의 일방통행이었으니 어쩌면 당연한 결과일지 모른다.

또한, 부모의 인정을 받지 못한 경우다. 충분히 지지받지 못했기에, 어떻게 자녀를 인정해줄지 방법을 모른다. 부모에게서 받은 상처와 아픔의 기억을 자신도 모르게 자녀에게 되풀이한다.

서랍을 정리하다 사진 한 장을 발견했다. 오빠와 남동생과 나 셋이서 찍은 사진이다. 오빠와 동생은 해맑게 웃고 있는데 나는 표정이 일그러져 있다. 찌푸린 미간은 내 천자가 그려져 있고, 눈동자는 카메라를 노려보는 듯하다. 입술은 심술이 난 듯 쭉 내밀고 있다. 누가 봐도 잔뜩 화가 나 있는 모습이다.

엄마는 기념일에 꼭 사진을 찍었다. 생일날도, 가족 나들이 갈 때도, 성적표를 잘 받아올 때도 사진을 남겼다. 그 사진을 본 순간, 과거의 경험 속으로 금세 빨려 들어갔다. 잊고 있던 학습에 대한 공포가 다시금 떠올랐다.

초등학교 4학년. 중간고사가 끝나고 성적표를 받아온 날이다. 시험문제가 유난히 어려웠다. 동생은 성적이 평균 90점 이상이 나왔다. 수우미양가로 성적을 평가하던 시절. 동생은 '수', 나는 간신히 80점 턱걸이로 '미'를 면했다. 오빠는 6학년이었고 만점을 받았다. 비교되는 그 순간을 지울 수 있었다면 얼마나 좋을까. 공부가 죽도록 하기 싫었다. 의욕도 없었고, 왜 해야 하는지도 몰랐다. 오빠랑 동생의 웃고 있는 모습이 얄미웠다.

대학에 입학할 때까지도 내가 무엇을 하고 싶은지 전혀 관심이 없었다. 수동적으로 살았다. 친구들과 즐겁게 놀 줄도 몰랐다. 작은 것이나마 도전해 본 경험이 없어서인지 늘 소극적이었다. 그저 엄마 말 잘 듣는 딸일 뿐이었다. 사실 내게 엄마는 큰 산이었다. 엄마가 좋으면서도 다가가기 어려웠다. 어렸을 때부터 엄마의 스파르타식 교육법은 공부와 더 멀어지게 만들었다. 공부분만이 아니라 매사 의욕이 없었다. 겨우 엄마가 시킨 일만 했다. 내 생각이 없었다. 아바타라고 표현하면 이해가 될지 모르겠다. 무엇을 하고 싶은지 관심도 없이 학창 시절을 보냈다. 무기력했다.

어른이 되어보니 알 듯하다. 엄마가 그토록 원했던 것이 무엇이었는지를. 자식들이 공부 잘해서 보란 듯이 엄마의 꿈을 대신 이뤄 주는 것, 그것이 우리 엄마의 자녀교육법이었다. 엄마의 바람대로 참고 열심히 공부했더라면 나의 인생은 달라졌을까?

삼 남매 중 이란성 쌍둥이로 태어났다. 위로 오빠, 아래로 남동생. 뭐 굳이 남동생이라는 표현도 어색하다. 동생은 모든 면에서 오빠였다. 여하튼 나는 중간에 어정쩡하게 숨죽이고 있었던 낀 순이었다.

동생과의 비교는 피할 수 없는 운명이었다. 같은 초등학교에 다녔고, 심지어 4학년 때는 같은 반이 되었다. 동생은 어땠을지 모르겠지만 같은 반이라는 사실을 거부하고 싶었다. 마치 동생이 나의 보호자라도 되듯, 엄마는 동생에게 누나 별일 없었냐고 묻곤 했다. 그렇게 매번 아이 취급을 받는 나 자신이 한심하게 느껴졌다. 겉으로는 순하고 착한 딸이었지만, 속으로는 삐딱한 마음이 불쑥불쑥 쌓여갔다. 나는 엄마의 온실을 지키는 화초였다. 엄마가 정해놓은 틀 속에서 조용히 그 자리를 지키는 화초.

옹알이하던 아이가 또렷한 발음으로 "엄마!" 하고 부르듯, 나도 내 마음을 다 품어내는 연습을 했다. 어렸을 때부터 혼잣말을 많이 했다. 가슴속에 쌓아두었던 이야기들을 혼자 있는 시간에 내뱉었다. 거울을 보고 내게 말을 걸었다. 국어 시간에 배운 시 한 편을 조용히 읊조리기도 했고, 노래를 불러보기도 했다. 엄마한테 하고 싶은 말들도 거울 속에 있는 나를 보고 쏟아냈다. 눈과 코가 금세 벌겋게 달아올랐다. 가슴속에 단단히 심어진 아픈 말들을 그렇게 밖으로 꺼내는 훈련을 했다.

꿈이 생기면 자녀에게 걸었던 기대가 나 자신에게로 향한다. 내가 잘할 수 있는 일을 생각하고 정성을 쏟으면 매일 기쁘게 지낼 수 있다. 엄마가 욕심껏 나를 가두었던 지난날처럼, 나도 내 아이에게 집착하고 아이만 바라보려 할 때가 있었다. 최선을 다해서 잘 키우고 싶었다. 초등학교 저학년 때까지는 다른 엄마들처럼 욕심껏 공부만 잘하기를 바랐다. 하지만 나는 일찌감치 그 기대를 내려놓았다.

큰아들은 초등학교 6학년 때부터 본격적인 사춘기가 시작되었다. 아이는 형식에 얽매이는 것을 싫어했다. 눈빛과 표정이 달라지고, 반항하듯 감정이 격앙되기도 했다. 감정표현이 자유롭고 자기 생각을 맘껏 펼치고 싶었던 아이에게 하지 말라는 규제가 심하게 다가왔던 것 같다. 사춘기를 특별히 겪지 않고 조용히 지냈던 나는 처음엔 아들을 이해하기 어려웠다. 아이의 성향을 존중하며 들어주려 노력했다. 하지만 학교 선생님들은 그런 과도기를 겪는 아이의 마음을 살펴주지 않았다. 무조건 교사의 지시대로 따라주기만을 바랐다. 자로 잰 듯 모든 아이를 똑같이 대하려고만 하는 선생님들이 야속했다.

또래 아이들보다 일찍 성숙해져 버린 아이는 나에게 비밀 없이 모든 것을 털어놓았다. 이해되지 않은 어른들의 세상을 하소연했다. 그때마다 나는 차분하게 이야기를 들어주었다.

"엄마, 원래 어른들은 그래? 나도 어른이 되면 그럴까? 선생님은 나를 이해 못 해 주시는 것 같아!"

"어른도 다 생각이 달라서 그런 건 아닐까?"

생각이 많고 자기 주도적인 힘이 강한 아이는 나름 고군분투하며 사춘기를 이겨냈다. 누구나 겪는 과정이라고 생각하며 아이의 감정변화를 지켜보았다. 독특하고 창의성이 뛰어났던 아이를 진심으로 이해해 주는 선생님이 계셨더라면 하는 생각을 하게 되었다.

그런 모습을 지켜보면서 꿈이 생겼다. 그들을 가르치는 강사가 되고 싶은 꿈이었다. 아이들에게 관심이 없는 교사들, 지식만 가르치고 마음을 나누지 못하는 교사들, 아이들을 사랑하지 않는 교사들, 배우지 않고 가르치기만 하는 교사들에게 나의 교육관을 전하고 싶었다.

아이에게 기대하는 마음을 내려놓고 엄마의 꿈을 찾는 일에 먼저 집중하면 좋겠다. 엄마가 꿈을 가지면 아이를 바라보는 눈은 달라진다.

첫째, 아이에게 했던 잔소리가 줄어든다. 내가 하고 싶었던 일을 적극적으로 하다 보면 저절로 표정이 밝아진다. 아이와 부딪히는 일이 줄어드는 것은 물론이고, 달라진 엄마의 모습만으로 아이는 든든한 내 편이 된다. 둘째, 엄마의 공부하는 모습은 아이에게 자극이 된다. 열심히 책 읽는 엄마를 보고 아이도 저절로 책을 펴고 공부하는 습관을 만들 수 있다. 물론 시간이 필요하겠지만 충분히 할 수 있다. 두 아들이 고등학생 때 늦은 귀가를 하면 나는 잠들었다가도 벌떡 일어나 책을 폈다. 직장생활을 했을 때 집에 오면 녹초가 되어 10시쯤 잠이 들 때가 있다. 그래도 아이가 집에 오는 시간에는 어떻게든 일어나 공부하는 척이라도 했다. 아이들은 보는 대로 믿는다. 그래서 더 의식하고 긴장을 늦추지 않았다.

셋째, 아이의 꿈이 무엇인지 귀 기울일 수 있다. 아이의 타고난 적성과 달란트를 적극적으로 함께 찾아보는 것이다. 엄마가 다 결정해주지 않고 아이가 하고 싶은 일에 대해 들어줄 수 있는 여유가 생긴다.

사소한 일은 아이 스스로 할 수 있도록 맡겼다. 못했을 때도 책임은 스스로 지게 하고 뒤로 물러서 있었다. 엄마인 나도 꿈이 있다는 것을 아이에게 말하고 보여주었다.

　자녀에 대한 지나친 애착은 집착으로 연결되기 쉽다. 오늘부터 하루 10분씩이라도 나를 위한 시간을 내어보자. 평소 하고 싶었지만 미뤄놓았던 꿈의 통로를 찾아보면 좋겠다. 취미생활도 좋다. 내 마음이 건강하면 함께 사는 가족도 건강해진다. 엄마로서 '나'를 찾아가는 여행은 생각보다 훨씬 많은 의미와 가치가 있다. 평소 관심 분야부터 찾아보자. 멋진 엄마 인생, 지금부터 만들 수 있다.

독립적인 아이로 키우기

"다른 것에 예속하거나 의존하지 아니하는 상태로 됨." 독립에 대한 사전적인 정의다.

엄마가 되고 나서부터 '독립'이라는 말의 진짜 의미를 생각하게 되었다. 세상 모든 엄마처럼 나도 내 아이를 누구보다 잘 키우고 싶었다. 어린 시절의 나처럼 연약하게 자라지 않기만을 바랐다. 그래서 아이가 생기면 내가 자라온 방식과 다르게 키워야겠다는 다짐을 했다.

어린 시절 나는 독립적이지 못했다. 엄마를 많이 의지했다. 생각을 행동으로 옮기기까지 시간이 걸리고 더뎠다. 자신감 없는 아이, 주눅 든 아이로 자랐다. 엄마의 잔소리로 피아노를 쳤고, 엄마의 꾸지람으로 숙제를 했다. 엄마의 호통을 들으면 정신이 번쩍 들었다. 능동적이고 독립적인 나만의 생각이 없었다. 자라면서 점점 나 자신을 비하했다. '나는 내 생각이 있기라도 한 걸까? 엄마 없이 스스로 할 수 있는 일은 없을까?' 딱히 사춘기도 없었던 나는 마음속에 감춰진 생각들이 있어도 밖으로 꺼내지 못했다. 어떻게 표현해야 할지 잘 몰랐다.

스물여섯에 엄마가 된 내가 딱히 육아에 대한 철학은 없었다. 하지만 엄마가 나를 키운 방식과는 무조건 반대로 키운다는 생각만 했었다. 그런 내 생각에 날개라도 달아준 걸까? 첫 아이는 자기의 존재를 온 세상에 드러내야 직성이 풀리는 개성 만점인 아이였다.

"형태야, 동생 손 꼭 잡고 신호등 잘 보고 건너야 해. 차 조심하고 알았지?"

아이를 믿고 나는 시내 한복판에서 만나기로 약속을 정했다. 큰아이 일곱 살. 둘째가 다섯 살 때다. 신호등이 무려 다섯 개도 넘는 길을 걸어야 했다. 무슨 배짱이었을까? 아이와 주말에 시장도 가고, 병원도 자주 갔던 길이기에 길을 잃지 않을 것이라 확신했다. 아이를 봐주시던 시어머님은 펄쩍 뛰셨다. 아직 어린애들인데 사고라도 나면 어떻게 하느냐며 걱정하셨다. 하지만 우리는 한통속(?)이었다. 충분히 잘할 수 있으니 믿어주시라고 어머님을 안심시켜 드렸다. 그런 내 믿음이 통했다. 엄마와 함께 시내에 갔던 길을 정확히 알고 찾아왔다. 마지막 신호등 앞에 서 있기로 한 그 장소에서 동생 손을 꼭 붙잡고 서 있는 녀석을 보니 뛸 듯이 기뻤다.

"오, 우리 아들 대단한데? 엄마는 잘 해낼 줄 알았지. 최고!"
속으로 불안하기도 했지만 똘똘한 녀석이 믿음직했다. 그 후로 시내에서 아들들과의 데이트는 계속 이어졌다.

아이가 어렸을 때 살았던 집은 충장로에서 가까웠다. 직장은 버스로 한 시간 거리. 출퇴근 거리로는 꽤 먼 거리였다. 아들들은 유치원을 다녀와 할머니 집에서 엄마 퇴근 시간만을 기다렸다. 일이 많기도 했지만, 일을 다 마치고 가려는 성격 때문에 퇴근이 늦어지는 건 다반사였다. 남편까지 귀가가 늦어지면 아이들은 엄마 아빠를 기다리다 지쳐 잠들곤 했다. 엄마로서 늘 미안했다. 바쁜 엄마를 기다리는 아이들과 시간을 보내고 싶었다. 엄마랑 밖에서 맛있는 음식을 먹는 재미도 컸을 터다. 교사였던 나는 수업 준비 물품도 사고, 아이들과 시간도 보내고 일석이조였다. 아이들과 저녁도 먹고, 서로의 하루를 묻고 듣는 시간은 너무도 달콤했다.

큰아이는 또래 친구보다 뭐든 빨랐다. 행동도 민첩했고, 호기심이 많아 새로운 것을 직접 해보는 것을 좋아했다. 똑똑하고 말길을 잘 이해했다. 그래서 나는 직장생활을 할 때 큰아들을 많이 의지했다. 웬만한 이야기도 다 알아듣고 소통할 수 있었기 때문이다. 유난히 지치고 힘든 날도 아이는 단번에 내 감정을 알아차렸다. 아들이 친구처럼 느껴졌다. 어린 아들이지만 나는 있는 그대로 표현했다.

"엄마가 오늘은 힘든 일이 있었어. 그래서 많이 피곤하고 지쳐."

"어떤 일 때문인데? 이야기해 봐, 내가 들어줄게."

나는 동료 교사들과의 이야기, 학부모 상담, 실습생 이야기 등 있었던 일을 알아듣게 설명해 주었다.

도란도란 이야기하며 웃는 모녀지간을 보면 부럽다. 나는 엄마와 속마음을 나누지 못했다. 엄마라는 울타리가 든든하고 좋았지만, 한없이 어렵고 높고 단단한 벽이었다. 엄마에게서 벗어나고 싶었다. 현실을 외면하고 싶다는 생각으로 한 내 삶의 첫 번째 선택은 '결혼'이었다.

첫 아이를 출산하기 일주일 전 알게 되었다. 엄마가 암 말기 환자라는 사실을. 충격이었다. 두 달 넘게 서울에 가 계실 때에도 건강검진과 여행을 하시는 줄로만 알았다. 가족 중 누구도 내게 알려주는 사람이 없었다. 배 속의 태아가 행여 잘못되기라도 할까 봐, 절대 알리지 말라는 엄마의 부탁이 있었던 거였다. 서울 암 센터에 입원하기 전에 남편을 찾아와 나를 부탁했다는 말도 나중에야 알았다.

그 사실을 알고 난 후부터 계속 울기만 했다. 그냥 다 내 탓인 것만 같았다. 엄마와 속 터놓고 이야기하지도 못했는데, 엄마와 나누고 싶은 말이 많은데 엄마가 암이라니. 엄마를 생각하면 눈물부터 났다. 첫 아이 출산 후 세이레가 지난 아이를 데리고 5개월 만에 친정에 갔다. 암 투병 중인 엄마를 마주했다. 해골이 연상되는 엄마의 깡마른 몸과 그 많던 머리카락이 남김없이 빠진 모습, 숨쉬기조차 힘겨워하시고 지쳐 있는 모습…… 전혀 다른 사람이 된 환자였다. 거짓말 같았다. 꿈이라면 좋겠다고 생각했다. 울지 않으려 애썼다. 말없이 엄마 손을 잡았다. 무섭고 떨렸다. 무슨 말을 꺼내야 할지 몰랐다. 꼼지락거리며 누워있는 아기의 손과 엄마 손을 포개었다.

아픈 와중에도 엄마는 강인했다. 꿋꿋이 병마와 싸워 이겨내시려는 모습은 아프고 고통스러웠지만, 자랑스럽기도 했다. 그후로 엄마를 볼 때마다 풀어야 할 숙제를 하지 못한 느낌이 들었다. 아픈 엄마가 빨리 일어설 수 있기를 바랄 뿐이었다.

열아홉이 되던 해에 아빠의 죽음을 겪었고, 서른이 되던 해에 엄마가 떠났다. 더 일찍 부모를 여읜 사람도 많겠지만, 나약한 나에게 닥친 부모님의 죽음은 그저 막연한 현실이었다. 늘 부모님에게 의지했던 내가 조금 더 단단해질 수 있었던 것은 부모님 몫까지 잘 살아야 한다는 강박 때문이기도 했다. 늘 불안하고 아팠다. 마음이 공허하다는 느낌이 뭔지 알 수 있었다. 특히나 정신적인 지주였던 엄마의 빈자리는 컸다. 아무리 채워도 채워지지 않는 설명할 수 없는 허탈함이 밀려왔다. 나약해지지 않으려 할수록 흔들렸다. 그 흔들림 속에서도 하늘에서 나를 지지하고 응원하고 있다는 생각으로 버텨냈다.

부모가 자녀를 독립적으로 키우는 방식이 꼭 정해진 것은 아니다. 독립적으로 생각하고 행동하기까지 시간이 걸릴 뿐이다. '생각한 것'을 가르치는 것이 아니라 '생각하는 것'을 가르쳐야 한다는 말이 있다.

부모의 생각을 가르치지 말고 아이의 생각을 듣는 연습이 필요하다. 다만, 우리에게 시간은 무한하지 않다는 사실을 잊지 않았으면 한다.

아낌없이 주는 것이 최선일까?

헬리콥터 맘. 자녀가 어릴 때는 물론이고 성인이 되어서도 헬리콥터처럼 자녀의 주변을 맴돌면서 하나부터 열까지 참견하는 엄마를 뜻한다. 비슷한 신조어로 '캥거루 맘'이 있다.

최근 방송에서 배우 한가인은 과거 유산의 아픔을 꺼내면서 자칭 캥거루 맘이라고 밝힌 적이 있다. 삶의 95%를 아이 위주로 살았다는 고백이 시청자들의 안타까움을 사기도 했다. 이처럼 부모의 상황이나 조건은 다를 수 있다. 하지만 지금 시대를 살아가는 많은 엄마, 아빠들은 무조건 다 줘야 한다고 생각하는 경향이 있는 듯하다. 자녀교육의 본질을 잊은 채 말이다.

어린이집 교사와 원장을 하면서 많은 학부모를 만났다. 아이에게 최선을 다하면서도 아이의 잘못된 행동이나 태도에 대해 단호하게 가르치는 부모가 있는가 하면, 늘 엄하게 혼내면서도 정작 가르쳐야 할 기본생활 습관에 대해서는 그냥 넘어가는 부모도 있었다. 부모의 훈육방식은 단체생활을 시작하는 아이에게 상당한 영향을 끼친다. 어리다는 이유로 부모가 모든 것을 결정하게 되는 경우가 많기 때문이다. 부모들과 상담을 하면서 안타까웠던 적이 많았다. 엄마가 보는 아이의 모습과 또래 아이들 속에서 보이는 아이의 모습은 편차가 컸기 때문이었다. 학부모 상담과 부모교육을 통해 올바른 부모 역할이 얼마나 중요한지 알고 관심 가지게 되었다.

다섯 살 현아는 몸이 불편한 언니와 두 살 어린 동생이 있었다. 늘 표정이 어두웠다. 다른 아이들에 비해 적응 기간이 길었다. 낯을 많이 가리기도 했고, 좀처럼 마음을 열지 않았다. 입을 꼭 다문 채 몇 달을 보냈다. 마음에 내키지 않으면 제 자리에서 꼼짝하지 않고 서 있기도 했다. 아무리 달래도 소용없었다. 3개월쯤 지나자 조금씩 마음을 열기 시작했다. 선생님의 지극한 정성이 한몫했다.

차량운행이 되지 않는 먼 거리에서 매일 엄마가 등 하원을 시켰다. 그것만으로도 나는 감사했다. 한번은 몸이 불편한 언니를 휠체어에 태우고 현아를 데리러 오셨다. 언니는 은혜학교에 다니고 있었다. 엄마가 큰애를 키우느라 지친 상태임을 직감했다. 상담이 필요했다. 누군가 엄마의 이야기를 들어줘야 할 것 같았다. 혼자 아이 셋을 키우고 있는 엄마의 고단한 모습이 안쓰러웠다.

엄마는 평소에 교사들 앞에서는 항상 밝고 긍정적인 모습이었다. 하지만 현아에게는 가끔 신경질적으로 대하는 모습이 보였다. 엄마가 편해야 아이도 편하다. 현아가 예민하고 적응이 더뎠던 이유를 알 것 같았다. 엄마와 잠시 이야기를 나누었다. 주말부부로 지내고 있어서 엄마 혼자 고스란히 세 아이의 육아를 전담하고 있다고 했다. 안타까웠다. 어떻게 하면 엄마에게 도움을 줄 수 있을까 고민했다.

1학기 부모교육 일정을 공지했다. 맞벌이 가정과 부모들의 바쁜 일정을 고려해서 하루 세 타임. 사흘에 걸쳐 교육을 진행했다. 참석인원은 상관없었다. 내가 준비한 교육을 단 한 명이라도 들을 수 있도록 했다. 교육의 힘을 믿었다. 한 달 전부터 공지했지만, 참석하는 인원은 많지 않았다. 사흘 교육 중 첫날 세 타임을 끝내고 나니 기진맥진이 되었다.

'이렇게 참석이 저조한데 굳이 교육할 필요가 있을까? 그냥 참석인원을 핑계 삼아 취소 문자 하나 보낼까……' 의욕과 열정이 사라질 때쯤. 현아 엄마가 아이를 데리러 오면서 교육을 받을 수 있냐고 물었다. 갑자기 힘이 났다. 동생을 선생님들이 잠시 봐주기로 하고 서둘러 엄마와 강당으로 갔다. 엄마와 나 두 명뿐이었다. 1:1 교육을 진행했다. 개인 상담이 아니라 엄연한 교육이었다.

잔잔한 음악을 틀었다. 눈을 감고 그냥 편하게 호흡하면서 마음을 내려놓으라고 했다. 그리고 아이를 키우면서 힘들었던 점을 다 기록해 보라고 했다. 엄마는 한참을 망설이고 주저했다.

"원장님, 그냥 말로 할게요. 적으려니 더 눈물이 나서요."

엄마는 선천적으로 장애를 가지고 태어난 큰아이를 눈물로 키웠다고 말문을 열었다. 그러다 보니 현아에게 욕심이 생기고, 더 완벽하게 잘해야 한다는 강박관념 때문에 아이를 채근하게 되었다고 털어놓았다. 큰애의 장애 정도가 심해 학교에서 재활센터까지 데리고 다니는 일도 고스란히 엄마 혼자 몫이었다. 내색하지 않고 당당했던 엄마의 눈물을 보았다.

어린이집에서 도울 수 있는 것은 잠시나마 엄마에게 휴식을 주는 일인 것 같았다. 엄마와 교육과 상담을 병행하면서 내린 결론이었다. 종일반으로 변경하고, 현아를 어린이집에서 좀 더 데리고 즐겁게 놀아주는 일이 우리가 할 수 있는 최선이었다.

준호는 한쪽 팔이 없다. 왼쪽 팔꿈치까지만 있다. 두 살 무렵 갑작스런 사고로 팔을 절단해야 했다.

일곱 살 때 처음 만났다. 말수가 없었지만 야무졌다. 엄마는 아이가 장애를 가지게 되면서부터 가장이 되었다. 아빠와는 헤어진 상태였다. 믿기 어려웠지만, 아이의 장애를 인정하지 못하고 떠났다는 이야기를 들었다. '어쩌면 그럴 수 있을까. 준호 아빠라는 사람이 벌을 받아야 하지 않나?' 화가 났다. 하지만 나의 이런 마음도 선입견에 불과했다.

준호 엄마는 당당했다. 아이의 장애를 받아들였고, 무엇이든 스스로 할 수 있도록 가르쳤다. 어릴 때부터 훈련을 시켰다. 옷을 입고 단추를 잠그고, 신발 끈을 묶는 기본적인 일상을 혼자 할 수 있도록 했다. 특별히 어린이집에서도 손이 가지 않았다. 다른 엄마들처럼 우리 아이 잘 봐달라는 말은 한 번도 들어본 적이 없다. 사고 직후부터 엄마는 '로봇 다리 세진이' 영상을 보고 아이를 훈련 시켰다고 했다. 두 팔, 두 다리가 없는 닉 부이치치의 책과 동기부여 영상도 보며 준호와 엄마는 더욱 단단하게 일어서고 있었다.

오랜만에 준호 엄마가 누나 대신 준호를 데리러 왔다. 엄마의 표정은 밝고 환했다. 엄마에게 엄지척을 해드렸다. 일곱 살, 2학기가 시작되면서 부쩍 말이 줄어든 준호가 좀 걱정이 되었다. 곧 학교에 갈 텐데, 혹시나 짓궂은 친구들에게 상처받으면 어쩌나, 괜스레 불안한 마음이 들었다.

차 한잔을 나누며 근황을 여쭀다. 걱정하는 내 마음을 알아차렸는지 엄마는 당당하게 말했다.

"원장님, 걱정되시죠? 우리 준호, 선생님들이 가르쳐 주신 만큼 잘 해낼 거예요. 준호에게도 얘기해 줬어요. 장애가 있다고 제

할 일을 소홀히 하거나 누군가로부터 도움을 받으려는 마음은 나약한 거라고요. 그럴수록 열심히 공부해서 더 힘든 사람들을 도울 수 있는 사람이 되어야 한다고 늘 가르치고 있습니다."

　　사람마다 생각이 다르다. 같은 상황도 어떻게 받아들이느냐에 따라 다른 결과를 얻는다. 자녀교육도 다름이 없다. 부모의 소신과 철학이 없으면 자꾸 휘둘리게 된다. 부모가 옳다고 믿는 방향대로 가르치되, 자녀의 생각까지 가두려고 해서는 안 된다. 스스로 결정할 수 있도록 기회를 주어야 한다. 그러기 위해서 자녀를 있는 그대로 바라보고 믿어줄 수 있으면 좋겠다. 내가 아낌없이 준다는 이유로 아이를 가두고 있는 부모의 잘못된 울타리가 무엇인지 생각해 보자.

제 2 장

엄마 공부가
필요해

부모 공부한 적 없는 부모들

"선생님, 특별히 우리 승민이 잘 부탁드려요. 세 번의 유산 끝에 삼대독자로 태어난 아이예요. 할머니, 할아버지는 아이가 조금만 다쳐도 큰일이라고 생각하시거든요. 잘 좀 봐주세요."

"우리 하린이는 너무 예민한 성격이라서 친해지기 전까지는 낯을 가리니까 특별히 관심 가져 주세요."

"우리 아이는 조금만 큰 소리로 말해도 무서워하고 울어요. 세심하게 보살펴 주세요."

"선생님, 우리 아이에게는 칭찬 안 해 주셨나 봐요. 어린이집 안 가겠다고 떼를 쓰네요."

"선생님! 선생님!……"

모두 하나같이 내 아이만 남다르게 대우해 달라는 부모들의 끊이지 않는 염려와 불안의 소리다. 특히나 첫 아이를 기관으로 보낼 때는 엄마들의 걱정이 최대치에 다다른다. 왜 안 그렇겠는 가. 집이 아닌 낯선 환경, 처음 보는 선생님, 서로 다른 환경에서 자란 친구들. 모두 어색한 처음을 맞이하기 때문이다. 엄마들의 가장 큰 걱정은 내 아이가 단체생활에 적응하지 못하면 어쩌나 하는 마음이다.

나는 첫 아이를 낳고부터 돌이 될 때까지 육아를 한 게 전부 다. 그 후 본격적으로 유아 교사를 시작했다. 엄마가 되고 나서 교사 생활을 하다 보니, 엄마들의 마음을 빨리 알아차릴 수 있었 다. 나조차도 내 아이만 보고 행여 다칠세라 애지중지 따라다니 며 키웠기 때문에, 부모들의 마음이 충분히 이해가 되었다. 처음 엔 걱정만 하고 불안해했던 우리 반 부모들이었다. 하지만 아이 엄마인 나의 경험을 꺼내어 소통하다 보니 교사인 나를 믿고 따 라주었다. 특히 맞벌이 가정은 더 세심한 관심을 가졌다. 준비사 항이 빠지지 않도록 미리 확인하고 전달했다. 출석카드와 준비 물은 기본이고, 우리 반 학부모에게만 알리는 편지글을 통해 교 육 참여를 설득하기도 했다. 또한, 맞벌이 가정 중 퇴근이 늦은 엄마들을 위해 부모의 시간을 맞춰 늦은 시간까지 전화상담을 했다. 어린이집에서 친구들과 나누는 사소한 이야기 속에도 아 이의 감정변화를 체크했다. 아이의 원 생활에 대해 알리고 엄마 와 소통을 이어갔다. 아이들의 말과 행동은 이유 없이 달라지지 않음을 알기 때문이다. 가정에서도 비슷한 일이 있었는지 일일이 파악하고 변화하는 모습을 관찰했다. 아이의 속마음까지 꿰뚫고 알아야 하는 것은 당연한 교사의 역할이다. 그 역할을 잘 감당하기 위해서는 부모의 도움이 절실히 필요했다. 부모가 마음을 열 수 있도록 조심스럽게 살피고 다가갔다. 정성과 수고가 쌓이니 저절로 신뢰도 함께 쌓였다. 부모가 믿어주면 교사는 더 열심히 아이를 돌보고 가르칠 수 있다. 믿고 맡긴 아이와 의심하고 불안한 마음으로 맡겨진 아이 중 어떤 아이들이 잘 자랄 수 있을까.

아이의 변화는 하루하루가 다르다. 몸이 자라는 만큼 생각도 자라기 때문이다. 또래 집단에서 아이의 말과 행동은 몇 번이고 달라질 수 있다. 나쁜 말인지도 모르면서 어디선가 들은 말을 한다거나, 장난으로 시작된 과격한 행동은 습관으로 자리 잡을 수 있다. 교육자의 눈높이로 오해가 생기지 않도록 조심스럽게 말을 꺼낼 때 대부분 부모의 반응은 이렇다.

"어머, 우리 아이는 절대 그렇게 말하지 않은 아이인데……"

"집에서는 한 번도 그런 과격한 행동을 본 적이 없는데……"

"선생님, 우리 아이는 절대 거짓말을 못 해요."

당연히 부모 앞에서의 모습과 또래들과 어울리는 모습은 다를 수밖에 없다. 아이들이 커가는 과정이고 지극히 자연스러운 현상이다. 하지만 대부분 갑작스러운 아이의 변화를 기다려주지 못한다. 어떻게든 교사와 의논하고 소통하려는 노력보다 부모의 자존심으로 키우려는 경향이 있다. 늘 칭찬만 받기를 바라는 것이다. 더 큰 문제는 교사의 말을 듣고 아이를 더 심하게 혼내는 부모들이다. 다그치고 혼을 내면 아이는 말을 꾸며내기도 한다. 아직 의사소통 능력이 부족하기 때문이기도 하고, 혼나기 싫으니까 마음을 숨기기도 한다. 아이들을 어른의 눈높이로 바라보지 않았으면 좋겠다. 내 아이를 객관적으로 볼 수 있어야 하고, 잘못된 점을 솔직하게 인정할 수 있어야 한다. 그래야만 교사도 당당하게 가르칠 수 있다. 부모 눈치 보느라 정작 아이의 마음 성장에 도움을 주지 못할 때가 많기 때문이다.

삼대독자, 외둥이, 다둥이…… 세상에 귀하지 않은 아이는 없다. 모두 사랑스럽고 소중한 아이들이다. 교사는 개인적인 감정으로 편애하거나 한쪽으로 치우쳐서는 안 되고, 부모는 내 아이만 특별하게 대해주기를 바라는 마음이 있어서도 안 된다.

나에게 맡겨진 아이들이 바르게 성장하기를 바라는 마음은 이 세상 모든 교육자의 바람일 것이다. 아이가 처음 걸음마 연습을 시작할 때를 상상해 보자. 부모의 발등에 아이의 발을 올려놓고 균형을 맞추며 걷는다. 그러다 아이가 바닥에 발을 짚고 걸어볼 수 있도록 손만 잡아준다. 그런 과정이 지나면 아이 스스로 걸을 수 있도록 지켜봐 준다. 균형을 잡고 혼자 걸을 수 있기까지 무수히 많이 넘어진다. 다시 일어나는 법을 알게 되면서 걷게 되고, 스스로 할 수 있는 일이 많아진다. 더 나아가 혼자 넓은 세상을 걷고 달려야 할 때가 다가온다. 그때까지 조급함을 내려놓고 기다려주면 좋겠다.

가르치는 일이 갈수록 복잡해지고 있는 시대다. 가르치는 일에만 집중하고 싶지만, 현실은 그렇지 못하다. 교육자의 역할 범주가 어디까지인지는 분명히 짚고 넘어가야 할 문제다. 개인의 다양성을 존중하고 수용하는 문화가 형성되고 있음은 찬성이다. 하지만 마땅히 가르쳐야 할 것을 가르치지 못하는 실정은 부모들의 이기적인 자녀 양육방식이 큰 비중을 차지한다. 어쩌면 대부분 부모로서 자녀를 어떻게 대하고 키워야 하는지, 사전지식 없이 부모가 되었기 때문일지도 모르겠다.

나는 두 아들을 키우면서 자녀교육의 진리를 발견했다. 남의 자식 탓할 일 없고, 내 자식 자랑할 일 없다는 것이다. 단순한 말이지만 깊이 생각해 보면 정답 같은 말이다.

자녀는 부모의 소유물이 아니다. 나도 한때는 내 뜻대로만 자라주길 바랐다. 하지만 아이가 성장함에 따라 생각지도 못한 곤욕을 치를 때가 많았다. 조용히 지나가기만을 바랄 뿐이었다. 얼마나 어리석었던 생각이었을까. 시시때때로 달라지며 변화하는 아이의 모습이 당연한데 말이다.

부모의 요구대로만 커 주길 바라는 마음은 욕심이다. 어른이 되어서도 다른 사람의 생각대로만 살아가라고 말하는 것과 같다. 내 품에 꼭 안기는 아이를 보면서 빨리 자라는 순간이 아쉬울 때도 있었다. 이제 더 큰 세상으로 아이를 보내야 한다. 아이의 바른 성장을 위해 더 넓은 세상의 다양한 사람들과 어울리는 법을 가르치면 좋겠다. 더불어 산다는 것이 어떤 의미인지 알 수 있도록 말이다. '나'에서 '우리'라는 개념으로 확장되는 것을 부모의 삶에서 보여주어야 한다.

부모는 아이의 첫 번째 선생님이기 때문이다.

부모 역할은 평생 대물림된다

　모처럼 TV 채널을 돌려본다. 나는 주로 다양한 의견을 주고받는 토론이나 관계에 대해 풀어가는 프로그램을 즐겨 찾는다. 오은영 박사의 금쪽 상담소를 시청했다. 아이와 부모의 상담을 시작으로 최근엔 연예인이나 방송인들의 고민을 들어주기도 한다. 국민 멘토라고 부를 만큼 각 연령층에서 신뢰하고 있기에 나도 가끔 그녀의 방송을 본다.

　오늘 본 방송에서는 탁구의 여왕이라 불리는 국가대표 탁구 감독 현정화의 가족 이야기가 그려졌다.

　딸은 초등학교 6학년 때부터 엄마와 떨어져 해외에서 지냈다고 한다. 독립적으로 잘 자랐지만, 성인이 된 딸은 문득 다른 친구들에 비해 엄마와의 관계가 서먹함을 느껴 상담을 의뢰했다고 했다. 어떤 큰 문제가 있기보다 대화가 부족하고 사소한 일상을 즐기지 못하는 모녀였다. 보통의 모녀와는 상당히 어색한 모습이었다. 엄마는 워낙 야무지고 자기 할 일을 잘하는 딸이라서 믿어주었다고 한다. 하지만 딸은 국가대표인 엄마에게 피해를 주지 않아야 한다는 강박관념이 생겼다고 했다. 일찍 철이 들어버린 듯했다. 작고 사소한 일상을 이야기하며 함께 의논한 경험이 없었다. '탁구의 레전드'라는 수식어가 딸에게는 무척 부담되고, 그만큼 완벽한 엄마가 편하지 못했던 속내를 털어놓았다.

나 또한 엄마가 큰 산처럼 느껴진 딸이었기에, 방송을 보는 내내 공감이 되었다. 한 가지 나와 다른 점은 자기 주도권과 통제력을 가지고 있는 똑 부러진 딸이었다. 어쨌든 성인이 되어 좀 더 애틋한 모녀 사이가 되기 위해 노력하는 모습이 부러웠다.

개인 저서 두 권에서 언급했듯이 나는 쌍둥이로 태어났다. 자연스럽게 비교 속에서 자랐고 열등감을 느꼈다. 그래서인지 유난히 인정받고 싶은 마음이 컸다. 엄마의 칭찬이 늘 그리웠던 것도 그 때문이었다. 매사 엄하고 완벽했던 엄마는 결과를 중요하게 생각했다. 그러다 보니 잘하지 못했을 때 엄마에게 다가가기 어려웠다. 속마음을 점점 꺼내기 어색했다. 다정하게 애교 부려본 적 별로 없다. 가깝고도 먼 사이가 되어가고 있었다. 그런 내 마음을 다 털어놓고 싶었지만, 항상 엄마는 높은 벽처럼 느껴지는 어려운 존재였다. 주도적인 힘이 없으니 매사 의욕도 없었다.

자기 주도성이 없었다. 하나부터 열까지 나 스스로 결정하지 못하고 엄마를 의지했다. 그것이 당연하다 생각하며 지냈다.

성인이 되어서야 결혼과 직장생활을 통해 인생은 '선택'의 연속임을 알게 되었다. 어린 시절의 나는 느리고 더뎠다. 선택과 판단능력이 빨랐던 엄마와는 정반대의 성향이었다. 탁구의 여제 모녀 이야기를 들으면서 부러웠던 점은 그래도 서로 회복할 시간이 있다는 점이었다.

부모는 기다려주지 않는다는 말이 떠오른다. 엄마는 난소암 투병 후 치료결과가 좋아 정상적으로 다시 머리카락도 나고 회복되셨다. 완치되었다고 생각했다. 2년 후, 간에 전이가 되었다. 삶의 의지가 강하셨음에도 결국 버티지 못하셨다. 돌아가시기 전 엄마와 나 둘만의 여행이라도 다녀왔더라면 이렇게 평생 한으로 남지는 않았을 텐데…….

큰아이가 세 살 무렵부터 점점 자기주장이 강해졌다. 어떻게 훈육해야 할지 몰랐다. 다만, 일방적이고 권위적인 엄마가 되지 말아야겠다는 다짐뿐이었다. 칭찬받았던 기억보다 혼난 기억이 많은 나처럼 되게 하고 싶지 않았다. 하지만 아이가 고집을 피우거나 제멋대로 행동하면 나도 모르게 버럭 화를 내기 일쑤였다. 그러던 중 어떤 교육에서 《감정은 습관이다》라는 책을 추천받았다. 엄마로부터 받은 불편하고 답답한 감정이 내 아이에게도 전

염이 될 것 같은 불안함에 열심히 읽었다. 자기 자신과 어떤 관계를 맺고 있는가에 따라 감정 습관이 긍정이나 부정으로 나뉜다는 문장에 밑줄을 그었다.

또 뇌에 대한 원리도 적혀 있었다. "뇌는 익숙한 것을 좋아한다."라는 말에 공감이 되었다. 익숙한 습관은 나도 모르는 사이 나를 지배하는 힘이 생긴다. 그래서 내 안에 턱 버티고 나를 조정한다는 무서운 이야기를 숨죽여 읽었다. 나의 뇌가 익숙해진 감정은 무엇일까 생각해 보았다.

첫째, 불안이었다. 소심하게 웅크리며 자랐던 나의 감정이 시한폭탄처럼 아이에게 터져버리면 어쩌나 하는 걱정과 떨림이 내 안에 가득했다.

둘째, 두려움이었다. 아이와 소통하며 잘 키우고 싶은 욕심이 지나치게 앞서면 또 내가 받은 상처를 아이에게 그대로 표출하게 될까 봐 조심스러웠다.

셋째, 억울함과 원망이었다. 속내를 다 털어내지 못한 나 자신이 안쓰럽기도 하고 원망스러운 복잡한 감정이었다. 내 마음을 온전히 알아주기를 바랄 뿐 말로 표현하지 못해 쌓이고 쌓인 감정이었다.

책을 읽으며 습관으로 자리 잡은 감정들을 제대로 들여다볼 수 있었다. 아직 크지 않은 어린 자아가 아물지 않은 상처로 남아 있음을 인정했다. 나 자신에게 질문을 던져 보았다. '너는 아이가 어떻게 자랐으면 좋겠어?' 친구 같은 엄마, 어떤 이야기도 소통할 수 있는 엄마, 거짓 없이 소통할 수 있는 엄마였으면 좋겠다는 답을 내렸다. 사랑스러운 엄마가 되기 위해 노력하리라 다짐했다.

내가 보고 듣고 자란 부모의 사소한 말과 행동은 어른이 된 나에게 고스란히 투영된다. 좋은 모습도, 닮고 싶지 않은 모습도 모두 내 안에 머물게 된다. 부모가 되었을 때 자녀를 대하는 태도가 그대로 반영된다. 부모의 뒷모습을 보고 자란다는 말은 괜히 생겨난 말이 아닌 듯하다.

작고 사소한 경험을 많이 나눌수록 부모 자녀 사이는 더 돈독해지게 마련이다. 나는 그런 경험을 갖지 못했지만, 아들들과 알콩달콩 소소한 이야기를 주고받는 시간을 자주 가졌다. 좋은 감정을 유지하기 위해 부단히 노력한 덕분이다. 그 노력 덕분에 두 아들과 지금까지 친구처럼 지내고 있다.

어린 시절의 기억이 평생을 좌우할 수도 있다. 생각만 해도 입가에 웃음이 번지고 기분 좋은 기억을 대물림해줄 수 있다면 어떤 어려운 일도 이겨낼 수 있지 않을까?

좋은 습관과 태도가 유산이다

박혜란 작가의 《다시 아이를 키운다면》 책을 펼쳤다. 며칠 전 유퀴즈 방송에서 소개된 것을 보고 가수 이적의 엄마라서 유명한 줄 알았다. 학원 한번 안 보내고 세 아들을 서울대에 보낸 엄마라는 수식어가 붙었으니 말이다. 화려한 프로필 중 '명랑 할머니'로 소개된 것이 인상적이었다. 13년 경력의 여성학자였다. 여러 권의 저서가 있음은 물론이고, 무려 삼천 번 이상의 부모교육 강연을 펼친 강사였다. 엄마들에게는 '육아의 달인'으로 기억되고 있었다. 나도 할머니가 되면 박혜란 작가처럼 제2의 육아를 지혜롭게 도울 수 있을까? 물론 할머니가 일찍 되고 싶은 생각은 없지만 말이다.

책을 읽는 내내 부모들의 필독서라는 생각이 들었다. 밑줄 치고 싶은 문장이 많았다. 그중 확 와닿는 문장 하나를 소개한다.

"가장 성공한 엄마는 아이를 보란 듯이 성공시킨 엄마가 아니라 아이가 어떻게 살든 아이와의 관계를 늘 따뜻하게 이어가는 엄마다."

부모는 자녀를 성공시키고 싶은 욕구가 자리하고 있다. 나와 자녀를 동일시하는 것이다. 자녀의 성공이 곧 나의 성공이라는 생각의 틀에서 벗어나지 못하고 있는 것은 아닐지. 나와 아이의 관계를 먼저 아는 것부터 부모의 역할이 시작된다고 생각한다. 내 뜻에 아이를 끼워 맞추기보다 아이의 이야기에 귀 기울이다 보면 늘 좋은 관계를 이어갈 수 있을 것이다.

"엄마, 나도 정수 형처럼 엄마랑 같이 택견 다니고 싶어. 우리랑 같이 운동해."

"응? 엄마랑 같이? 엄마가 택견을 배울 수 있을까?"

"엄마는 더 잘할 수 있어. 정수형 엄마도 운동 열심히 해서 빨간 띠 땄단 말이야."

퇴근 후 저녁을 먹고 정리하고 있는데 뜬금없이 큰아이가 졸라댔다. 종일 아이들 가르치고 상담하고 집에 들어오면 모든 게 귀찮고 자리에 눕고 싶기만 한데 갑자기 운동을? 그럴 시간이 있을까?

아들들 여섯 살 때부터 택견 학원을 보냈다. 아이가 다니던 유치원 원장님이 추천해 주셨다. "택견"이라는 운동이 우리나라 전통 무예라는 것을 그때 처음 알았다. 퇴근 후 상담하러 갔을 때 학원생들의 우렁찬 소리가 들렸다. "이크 에크 이크 에크" 기합 소리도 특이했다. 무엇보다 관장님의 교육적인 마인드가 마음에 들었다. 자유로움 속에서 질서를 가르치는 가치관이 나와 비슷했다. 관장님과 이야기를 나누다 보니 든든한 아이의 스승이 되어줄 수 있을 것 같았다. 무엇보다 아이의 에너지를 발산시킬 수 있고, 작은 사회를 경험하는 좋은 기회라고 생각해서 꾸준히 보냈다. 둘째도 여섯 살 때부터 형이랑 함께 다녔다. 아이들은 관장님을 잘 따랐다. 봉고차를 타고 형들과 만나는 재미도 빼놓을 수 없는 아이들의 관심사였다. 특히 차 안에서 듣는 다양한 분야의 음악을 듣는 시간을 좋아했다.

직장에 다니느라 새벽같이 일어나 아이들을 할머니 품에 맡기고 늦은 밤에 귀가하는 시간이 반복되었다. 퇴근하면 반찬 하나라도 더 준비해서 밥 차려 먹기에 바빴다. 겨우 자기 전 책을 읽어주려고 노력했지만, 그냥 넘어갈 때가 더 많았다. 며칠을 계속 졸라대는 아들들의 성화에 못 이겨 택견 도장에 갔다. 나에게는 엄청난 도전이었다. 아이들과 함께 보낼 수 있는 절호의 찬스라고 생각했다. 관장님은 열렬히 환영하며 하얀 도복을 건네주셨다. 특별히 교육이 있거나 바쁜 행사가 겹칠 때 빼고는 어린이집에서도 더 부지런하게 움직여 일을 끝내고 귀가했다. 도복을 차려입고 아들들과 저녁 여덟 시 반 타임에 맞춰 봉고차를 기다렸다. 셋이 나란히 도복을 입은 모습에 동네 어른들은 엄마가 아니라 큰누나라고 해도 믿겠다며 엄지척했다. 아이들이 좋아하니 나도 점차 적응하며 즐겁게 그 시간이 기다려졌다. 아이들과 나는 함께하는 시간이 선물이 되었다. 무더운 여름날엔 운동을 마치고 집 앞 슈퍼마켓에서 쭈쭈바 하나씩 물고 집에 들어갔던 장면이 아직도 또렷하게 기억난다.

1년 동안 꾸준히 배우고 운동해서 빨간 띠까지 따는 영광을 거머쥐었다. 아들들 덕분이었다.

평소 나는 새로운 일에 도전하고 부딪히는 성격이 못 된다. 주어진 일만 열심히 할 뿐이었다. 새로운 시도를 두려워했다. 하지만 엄마가 된 후로 아이와 친구처럼 지내며 소통하겠다는 나의 첫 마음은 늘 변함 없었다. 어떤 말도 엄마와 터놓고 이야기할 수 있도록 통로를 열어두었다. 그런 내 마음이 통했는지 아이들은 뭐든 엄마와 함께하는 것을 좋아했다. 기특하고 고마웠다. 바쁜 엄마를 이해해 주고 기다려준 아이들이 든든했다. 거리낌 없이 대화할 수 있는 신세대 엄마가 되기 위해 노력한 결실이었다.

학부모들과 상담할 때는 원장이라는 권위를 내려놓고 나도 같은 엄마 입장이 되었다. 내가 경험한 아이 키우는 소소한 일상을 들려주면 엄마들은 공감하면서 더 마음을 열었다.

아이를 먹이고, 입히고, 재우는 기본생활의 기준을 지나친 의무감으로 받아들이는 부모를 보면 안타까웠다. 예를 들어, 하루의 시간을 엄마가 주도적으로 다 정해놓는 것이다. 정해진 시간에 아이를 꼭 씻겨야 하고, 그다음은 동화책을 읽어야 하고, 몇 시에 잠을 자야 하고, 한글과 수 공부도 봐주는 시간을 정한다. 아이가 집중하고 있는 활동이 무엇인지는 관심 밖이다. 엄마가 정한 시간의 흐름대로 아이를 끼워 맞추려 하는 것이다.

아이는 호기심이 많고 즉흥적이다. 집중하는 힘이 짧다. 갑자기 충동적으로 뭔가를 하려고 하는 아이들의 마음은 지극히 정상적이다. 가령, 비가 내릴 때 아이는 비옷을 입고 바깥에 나가기를 원한다. 그런데 어른들은 어떤가. 옷이 지저분해지는 것부터 생각하게 되고 통제하기 바쁘다.

아이와의 관계를 기분 좋게 유지할 수 있으려면 먼저 아이가 좋아하는 것으로 우선순위를 정해보면 좋겠다. 물론 아이와 놀아주고 함께하는 육아는 쉽지 않다. 아이의 눈높이를 맞춰주는 일은 그만큼 노련한 부모의 철학도 필요하다. 내 중심에서 아이 중심으로 생각을 전환해 보는 것이다.

그 전에 우리가 가져야 할 태도는 '놀아주는' 개념에서 '같이 노는' 마음이다. 동심으로 돌아가야 한다. 내가 즐기다 보면 아이의 마음을 훨씬 더 이해할 수 있게 된다.

아들들이 멋진 청년으로 잘 자랐다. 서울에서 자취하고 있는 큰아들이 자신만의 길을 열어가며 자취생활을 한 지 벌써 8년이 넘었다. 멀리 떨어져 있지만, 우리는 사소한 일상의 이야기에서부터 사회생활을 하며 느끼고 깨닫는 다양한 고민까지 나눈다. 그럼에도 1년에 겨우 한두 번 집에 오는 아들을 보면 손님처럼 느껴질 때가 있다. 자녀와 함께하는 시간은 생각보다 많지 않음을 많이 실감하고 있다.

아이의 생각 주머니가 커지면서 빨리 좀 자랐으면 좋겠다고 생각한 적이 있다. 어리석은 생각이었다. 아이의 어린 시절 사진을 보고 있으면 정말 순간이구나 싶은 생각에 마냥 아쉽다. 아들들은 나를 어떤 엄마로 기억하고 있을까? 아들들과 즐거운 데이트 신청을 해야겠다.

박혜란 작가처럼 나도 언젠가 명랑하고 지혜로운 할머니가 될 수 있기를 바라본다.

나의 감정 언어 적어보기

일요일 아침. 큰 소리가 울려 퍼진다. 깜짝 놀라 베란다로 나가보았다. 버럭 화를 내는 소리가 쩌렁쩌렁하다. 자세한 상황은 잘 모르겠지만 다툼이 일어난 듯했다. 아파트 13층에서 내려다보는 것만으로는 무슨 상황인지 파악되지 않았다. 한참 동안 언성을 높이는 말 중 내 귀에 들리는 말이 있었다.

"지금 그게 말이 됩니까? 미안하다고 사과하는 것이 먼저지 않습니까?"

날카로운 말은 허공을 찌르듯 울렸다. 아마 접촉사고가 날 뻔했나 보다. 정차되어 있는 두 차가 사라지더니 조용해졌다. '얼마나 화가 났으면 저렇게 고함을 지를까.' 생각했다가 한편으로는 속에 쌓아두지 않고 소리라도 지르니 부럽기도 했다. 자기의 감정을 확실하게 표현할 수 있으니, 속 끓이는 일은 없을 거 아닌

가. 각박한 세상이라서 그런지 조금만 불합리하다고 느낄 때 거침없이 표현하는 사람이 많아지고 있다. 심지어는 폭언과 막말을 퍼붓기도 한다. 물론 무조건 화를 내는 사람은 문제가 있지만, 자신의 감정을 솔직하게 표현하는 것은 중요한 일이다.

감정을 표현하는 방법을 몰랐다. 아프면 아프다고 말하고, 화가 나면 화가 났다고 표현하면 되는데, 말을 할 줄 모르니 표정만 일그러질 뿐 속으로는 불편한 감정이 쌓였다. 기분이 좋을 때도 쉽게 드러내지 못했다. '왜 나는 말하는 것이 두려울까. 감정을 표현하는 것이 쑥스러운 건가?'

스피치에 관련된 책을 읽고 공부를 하면서 알게 되었다. 감정 표현이 서툰 이유는 어렸을 적 내가 한 실수에 대해 긍정적 피드백을 받아본 경험이 없기 때문이라는 사실을 말이다.

초등학교 3학년 때의 일이다. 친구 집에 놀러 갔다. 친구 엄마는 일 때문에 늦게 오신다고 했다. 더 놀고 가라는 친구의 부탁을 뿌리치지 못했다. 우리는 과자도 먹고, 과제도 하고, 인형 놀이도 했다. 시간 가는 줄 모르고 놀았다. 놀다 보니 어느새 밖이 어두컴컴해졌다. 그제야 무서운 엄마의 얼굴이 떠올랐다. 아니나 다를까, 엄마는 나를 보자마자 버럭 소리를 질렀다. 남의 집 저녁 먹을 시간에 민폐 끼칠 일 있냐며 다그치셨다. 변명할 틈도 없었다. "대체 제정신이냐?" 내 얼굴에 찬물을 확 끼얹으셨다. 잠들기 전 한참이나 그 장면이 떠올랐다. 그 사건(?)은 시간이 지날수록 불쑥불쑥 떠올랐다.

그날 밤 이불 속에서 하염없이 울었다. 소리 내서 울지도 못했다. 뭘 잘한 게 있다고 눈물 바람이냐는 호통 소리가 들릴 게 뻔하니까 말이다.

'이게 그렇게까지 혼날 일이야? 엄마는 내가 말할 틈도 안 주면서!'

가슴이 답답했다. 마음의 응어리가 풀어지지 않아 속상하고 억울했다. 엄마가 다그치기 전에 변명할 기회라도 주었다면 좋았을걸. 놀다 보면 그럴 수도 있다고. 괜찮다고 말해 줬더라면 어땠을까.

나이가 들어갈수록 그 장면이 점점 더 선명해졌다. 소심하고 나약한 나는 더 움츠러들었다.

걸음마를 배우는 아기들을 생각해 보자. 실수가 뭔지 모른다. 그냥 넘어져도 다시 일어서고 연습해서 집중한다. 어른들의 눈치를 보지 않는다. 그러다가 시간이 지나면 변화가 찾아온다. 실수라는 것이 무엇인지 알게 되고, 그때 어른들의 특정 반응(말이나 행동)을 보면서 부끄러움과 수치심, 두려움을 알게 된다.

"넌 왜 그렇게밖에 못해?"

"그럴 줄 알았어. 대체 넌 누굴 닮아서 그런 거야?"

"잘 좀 해! 왜 자꾸 실수만 해? 정신 안 차릴 거야?"

다양한 경험사례를 읽으면 부모나 코치, 멘토 혹은 교육자들의 역할이 얼마나 중요한지를 알게 된다. 실수했을 때 바로 잡아주는 가르침도 필요하지만, 그보다 더 중요한 것은 아이의 마음을 먼저 읽어주고 관심을 가지고 지켜봐 주는 것이다.

크리스토퍼 리더십 강의 과정에 "자신의 감정 표현하기" 순서가 있다. 몇 년 전 수강생일 때도, 강사로 서는 지금도 그 과정은 여전히 낯설고 불편하다. 중요한 것은 화와 짜증, 분노 등의 격렬한 감정을 표현해야 하는 시간이다. 두 사람이 앞에 나가 열변을 토해야 한다. 옆 사람의 큰소리에도 아랑곳하지 않고 화난 상황을 분출해 보는 색다른 경험이었다. 이 과정을 할 때마다 감정을 쏟아내는 방법에 대해 생각해 본다. 20초간 계속 막힘없이 의도적으로 화난 상황을 떠올려서 내 감정을 쏟아내는 것은 생각보다 쉽지 않았다. 옆에서 시범을 보이는 남자 강사님은 어찌나 소리가 우렁차던지, 오늘 아침 아파트 전체를 흔들어 놓았던 소리만큼이나 강렬하다. 그 모습을 보면서 감정 표현도 연습이 필요하다는 것을 느꼈다.

매일 글을 쓰기 시작하면서부터 감정을 글로 표현하는 연습을 해봤다. 화가 나거나 짜증이 날 때마다 쏟아내 보았다. 컴퓨터 화면을 응시하며 자판을 빠르게 두드린다. 폭우가 내리듯 손가락 끝이 불이 날 정도다. 쉴 틈이 없다. 말로 꺼내지 못했던 묵힌 감정들이 막 올라온다. 물론 화가 나서 쓴 글은 1분도 안 되어 바로 지운다. 말보다 글이 편하지만, 너무 격앙된 감정을 글로 쏟아내면 뭔가 더 불편해지기 때문이다. 하지만 연습해 보지 않았을 때보다는 훨씬 편안함이 찾아왔다. 메모장에 감정 단어를 써 보았다. 내 가슴에 꽁꽁 갇혀있는 감정을 있는 대로 다 썼다.

'짜증, 억울함, 인정욕구, 불안함, 두려움, 막연함, 조급함, 완벽함, 슬픔······'

써 놓고 보니 모두 부정적인 감정들이다. 그 감정을 모조리 숨기고 살았다. 아닌 척, 괜찮은 척, 다 이해하고 있는 척······ 그렇게 단단한 가면을 무기 삼아 전투적인 자세로 살아온 나 자신을 발견했다. 가슴 속에 묻어둔 묵은 감정을 제대로 인정하고 나니 마음이 홀가분해졌다.

감정을 나타내는 단어는 수없이 많다. 상황에 따라 의미를 다르게 쓸 수 있는 말도 많다. 감정 단어를 손으로 쓰다 보면 내 기분이 정확히 어떤 감정인지 알게 된다. 순간의 내 감정도 알아차릴 수 있다. 화가 나거나 우울할 때 감정 언어를 쭉 나열해 보는 것만으로도 도움이 되었다. 부정적인 기분을 알아차려야 긍정적으로 기분을 바꿔 나갈 수 있다. 감정은 나 자신에게 솔직할 때 자연스럽게 표현된다. 내 안에 가두어진 아픈 감정이 있는지 살펴야 한다. 상처로 남은 아픈 마음이 있다면 용기 있게 꺼내어 자유로워지면 좋겠다.

좋은 엄마 나쁜 엄마

좋은 엄마가 되고 싶었다. 엄마라면 그 마음을 안다. 내 아이에게 무엇이든 듬뿍 주고 싶은 마음이 먼저다. 문제는 좋은 엄마의 기준이 무엇이냐 하는 점이다. 부모의 생각이 다 다르기에, 양육방식에는 딱히 정답은 없다고 생각한다. 다만, 아이가 어른이 되었을 때 나를 어떤 엄마로 기억할 것인가는 한 번쯤 생각해 볼 문제다.

나는 엄마 생각대로 자란 딸이었다. 생각 주머니는 점점 자라고 있었지만, 생각한 대로 행동에 옮긴 적은 없었다. 생각과 말이 빨랐던 엄마는 느린 나를 기다려주지 않았다. 급하고 빠른 엄마의 성격이 한편으로는 편했다. '어차피 엄마가 다 알아서 해줄 텐데 뭐.' 고등학생이 되어서도 그런 생각은 나를 더 나약하게 만들었다. 내가 혼자 뭔가를 결정해야 할 때가 오면 두렵고 무서웠다. 잘못될까 노심초사하고, 엄마한테 혼날까 전전긍긍했다. 바보 같았다. 어린 마음에 우리 엄마는 '나쁜 엄마'라고 종종 생각했다.

자식을 길러봐야 부모의 마음을 안다. 아이를 낳고 키우면서 엄마 생각을 많이 했다. 막상 엄마가 되어보니 생각과 말과 행동이 느렸던 나를 키우느라 답답하셨을 엄마가 조금씩 이해되었다.

직장생활을 했던 나는 늘 바쁜 엄마였다. 일에 쫓기며 살았다. 아이가 조금만 느려도 '빨리빨리'를 외쳤다. 여유를 가지고 아이와 놀아주고 눈 맞춰주지 못했다. 느긋하게 기다려주는 엄마는 책 속의 주인공일 뿐이었다. 나 또한 나쁜 엄마가 되어가고 있었다.

내가 온전히 육아를 담당한 시간은 딱 1년이었다. 한창 아이가 예뻐서 눈에 밟히던 시기였는데, 일할 기회를 놓치기 아까워 고민 끝에 결정했다. 전공을 살려 어린이집 교사로 일했다. 어린이집 개원을 준비했기에 입사하자마자 야근하는 일이 잦았다. 어머님이 잘 봐주셔서 걱정 없이 직장에 다녔지만, 집에 오면 파김치가 되어 쓰러지기 일쑤였다. 교사로서는 퇴근했지만, 엄마로서는 다시 출근이었다. 아이는 종일 나를 기다리다 지쳐 잠들 때가 많았다. 잠든 아이를 바라보고 있으면 늘 미안했다.

할머니, 할아버지, 고모까지 총동원해 육아를 맡아 주셨다. 둘째를 낳고 나서도 늘 어른들은 든든한 지원군이 되어 주셨다. 그래도 엄마로서 할 일은 많았다. 맞벌이 가정이 그렇듯, 저녁 시간에 부지런히 아이들을 챙겼다. 일찍 퇴근한 날은 아이 둘을 데리고 마트에 갔다. 아이들이 좋아하는 먹거리와 간식을 사서 저녁을 해 먹었다. 좋은 엄마가 되기 위해 나름 분주하게 움직였다. 아이가 자라면서 엄마가 챙길 일들은 더 많아졌다.

두 아들이 초등학교 3학년, 1학년이었다. 이모들과 식사하는 자리에 데리고 간 적이 있다.

"아이고, 우리 한송이가 아주 아들들은 멋지게 잘 키웠네."

"우리 아들들 잘생겼네. 엄마가 너희들 키우느라 비쩍 말랐다. 엄마 말 잘 들어라. 알았지?"

이모들이 쓰다듬어 주면서 한마디씩 했다. 그때 갑자기 큰아이가 불쑥 이렇게 말하는 게 아닌가.

"저는 우리 할머니가 키워 주셨는데요? 엄마는 맨날 회사 가고, 할머니가 우리 돌봐주셨어요."

야무지고 당차게 말하는 모습을 보고 나랑 이모들은 순간 얼음이 되었다. 전혀 예상치 못한 말이었다. 허탈하기도 하고 쓴웃음이 나왔다. 틀린 말은 아니었지만, 왠지 서운했다. 종일 일하고 와서 쉴 틈 없이 아이들과 함께했다고 생각했는데 키우지 않았다니. 엄마로서 점수는 빵점이었나 하는 생각이 들어 씁쓸했다.

아이와 매 순간을 함께하지 못해서 아이의 마음속에 상처가 있었나 하는 자괴감도 들었다. 집으로 돌아오는 내내 말없이 아이의 표정만 살폈다.

책장 정리를 하다가 사진첩에 끼워지지 않은 사진 묶음을 발견했다. 아이들 어렸을 때 사진이었다. 놀이공원 갔던 사진, 강아지랑 함께 찍은 사진, 배를 타고 여름 휴가를 떠났던 사진, 유치원 다닐 때 상 받았던 사진 등 추억이 새록새록 떠올랐다. 그중 한 장의 사진을 보고 심장이 쿵 내려앉았다. 한동안 멍하니 그 사진만 뚫어지게 바라보았다.

큰아이가 체육복을 입고 운동장에서 놀고 있는 사진이었다. 아마 초등학교 1학년 가을인 것 같다. 긴 팔 체육복을 입고 친구들과 놀고 있다. 그런데 자세히 보니 운동장 맨 끝 축구 골대 앞에 쭈그려 앉아 계신 어머님 모습이 보였다. 비녀를 꼽고 스웨터에 회색 바지를 입고 앉아 계셨다. 다리가 아프신지 표정이 불편해 보였다. 아이의 옷과 책가방을 손에 쥐고 계셨다. 행여 아이가 다칠까 걱정하는 눈빛으로 아이에게 시선을 떼지 못하고 계셨다. 아마 체육대회 날이었나보다. 내가 참석하지 못해 어머님이 학교에 가신 거다. 사진 속 어머님 목소리가 들리는 듯했다.

처음 보는 사진이었다. 내 아이의 모습만 예쁘다, 귀엽다 하기 바빴다. 사진 속 귀퉁이에 계신 어머님을 보니 왈칵 눈물이 맺힌다. 여든이 다 된 연세에 손주 따라다니며 뒷바라지해 주신 모습이 파노라마처럼 스쳤다. 직장에 나간다고 나이 드신 어머님께 아이를 맡기고 정신없이 살았다. 아이를 봐주시니 감사했지만, 시간이 지날수록 당연하다고 생각하고 살았었다.

핸드폰으로 그 사진을 잘 보이게 찍었다. 그리고 큰애한테 그 사진과 문자를 함께 보냈다.

"형태야, 엄마가 함께하지 못한 자리에 할머니가 늘 너의 곁에 계셨네."

"우리 할머니 보고 싶다. 사랑을 듬뿍 주신 우리 할머니……"

올해 스물아홉, 스물일곱이 된 두 아들은 할머니 이야기를 자주 한다. 할머니가 해주셨던 음식들, 할머니의 얼굴, 말투 표정까지 아이들은 세심하게 다 기억한다. 큰애 고등학교 2학년이 막 시작되려던 즈음 어머님은 하늘나라로 가셨다. 사춘기가 끝나고 철이 들 무렵이었다. 할머니 영정사진을 들고 얼마나 오열했는지 모른다. 그 계기를 통해 아들은 달라졌다. 늘 아낌없이 품어 준 그 큰 사랑을 기억하며 열심히 살 거라고 다짐하곤 했다.

좋은 엄마로 살았다고 자부하며 살았다. 최선을 다했다고 생각했다. 엄마에게 간섭받고 자유롭지 못했던 나의 어린 시절과 비교하면 우리 아이들은 좋은 엄마 만나서 행복할 거라고 굳게 믿었다.

아이의 눈을 얼마나 자주 바라봤을까. 엄마와 함께하고 싶은 아이의 마음을 나는 얼마나 읽어주었을까. 자녀에게 사랑을 준다는 것은 어쩌면 아이와 같은 곳을 오래도록 바라봐 주는 것이 아닐까. 한 장의 사진 속에서 진짜 사랑을 주는 좋은 엄마 냄새를 맡았다.

자존감과 열등감 사이

중학교 때부터 성적은 늘 중간이었다. 잘하면 중상 정도를 유지했고, 조금 방심하면 중하위권으로 직행했다. 책상에 앉아 있는 시간이 길어도 잡념이 많았고 공부하는 요령이 없었다. 공부를 잘하는 친구들이 부러웠다. 노력하지 않은 건 아니었지만, 나의 공부 방법이 잘못되었을 거라는 생각만 어렴풋이 하며 지냈다. 그렇다고 실컷 놀지도 못했다. 놀 거 다 놀면서도 성적이 잘나오는 친구들을 보면 신기했다.

늘 어정쩡한 문과생으로 살았다. 내가 대학을 지원했던 80년대 후반만 해도 지금과는 전혀 다른 입시제도였다. 그야말로 치열하게 점수관리를 잘해야만 좋은 대학에 갈 수 있었다. 선지원후시험 제도였다.

공부를 열심히 하지 않은 나의 현실은 그대로 드러났다. 전기와 후기 대학에 떨어지니 인생이 끝나는 것처럼 창피하고 부끄러웠다. 후회해도 어쩔 수 없었다. 전문대학 유아교육과에 입학했다. 나름 경쟁률이 치열했다고 변명해 봐도 그 당시 '전문대학'이라는 꼬리표는 피할 수 없는 나의 열등감의 징표가 되었다.

유아교육이라는 과목은 적성에도 맞지 않았다. 고등학교의 연장 선상에 있는 느낌이었다. 수업은 빡빡했다. 대학에 가면 캠퍼스의 자유를 누린다는 환상에 젖어 있었는데, 그마저도 경험하지 못했다.

피아노를 오래 쳐서 음악 시간은 쉽게 넘어갔지만, 미술 과목은 넘기 힘든 또 하나의 산이었다. 아빠가 미술 선생님이고 화가였는데, 왜 나는 그 재능을 물려받지 못했을까 한탄하면서 한숨만 쉬었다. 교구를 만드는 과정은 까다롭고 섬세하게 진행되었다. 제출해야 할 과제도 많았다. 나처럼 손재주가 없는 학생이 아이들을 가르칠 수나 있을까 조바심이 났다. 적성에 맞지 않았다. 재미도 없었다. 열등감이 쌓였다. 자꾸 나를 스스로 깎아내렸다. 괜한 자존심이 불쑥 나타나 힘들게 했다.

졸업 후, 결혼하고 큰애를 낳기 전까지 피아노 교습소를 운영했다. 물론 엄마가 차려 주셨으니 가능했다. 유아교육과가 인기 있었던 이유 중 하나는 졸업 후 2급 정교사 자격증만 있으면 누구나 교습소를 차릴 수 있었기 때문이다. 여섯 살 때부터 피아노를 쳤다. 엄마 잔소리 덕분이긴 했지만, 꾸준히 해온 유일한 일이었다. 무엇이든 오랜 시간 꾸준히 해 온 일에서 자신감을 찾을 수 있는 법이다. 내가 그나마 잘할 수 있는 일이 피아노를 치는 일이었다.

고등학교 2학년까지만 해도 음대생이 되고 싶은 꿈이 있었다. 교습소 운영은 그 아쉬움을 대신할 수 있던 일이기도 했다. 막상 아이들을 가르쳐 보니 생각보다 즐거웠다. 그리고 나만의 공간이 있음에 행복했다. 강사를 두지 않고 혼자 운영했다. 지금으로 보면 1인 기업이었던 셈이다. 누구의 간섭도 없는 자유로운 직장이었다.

피아노를 배우기만 했지, 어떻게 가르쳐야 하는 가는 배운 적이 없었다. 나름대로 입소문이 날 방법을 생각해 보았다. 음대를 목표로 피아노를 꾸준히 쳐 온 장점을 활용하기로 했다. 어렸을 때부터 배워온 스타일을 고수했다. 한마디로 클래식 과정을 그대로 가르쳤다. 다만, 내가 차별화를 두었던 방법은 직접 시범을 보이는 방식이었다. 고급과정을 원하는 학생들을 가르치기 위해 연습을 게을리하지 않았다. 소나티네 또는 쉬운 명곡은 쉽게 칠 수 있었지만, 어려운 쇼팽이나 베토벤, 슈베르트 소나타는 연습하지 않으면 아이들 앞에서 체면이 서지 않기 때문이었다. 손이 굳어지지 않기 위해 주말마다 아빠의 동료였던 최남순 음악 선생님께 렛슨을 받았다. 대학생이 된 이후부터 결혼 전까지 꾸준히 배웠다. 누가 보면 다시 입시 준비하는 줄 알았을 터다. 피아노는 그 당시 내가 잘할 수 있는 유일한 일이었고, 스트레스를 풀 수 있는 수단이었다.

전문대학을 갔을 당시엔 인생의 낙오자가 되어버린 열등감에 휩싸였다. 그런데 내가 잘할 수 있는 일을 꾸준히 하다 보니 자신감도 조금씩 되찾을 수 있었다. 세례받은 성당에서 오르간 반주를 도맡아 했다. 봉사는 그야말로 시간을 쪼개서 하는 일이었다. 돈을 받는 일보다 더 책임감이 따랐다. 성당에는 반주자가 없었기에 주말 미사 반주는 거의 내가 했다. 성실한 반주자라는 입소문이 났다.

음악을 전공하진 않았지만, 자신감 있게 시범을 보이는 수업이 신뢰를 얻었다. 또한, 클래식 CD를 들려줬다. 음악가들에 대한 스토리 수업도 커리큘럼에 넣었다.

그렇게 아이들을 가르치면서도 늘 부족한 대학 공부에 미련이 남았다. 반복되는 열등감의 원인일지도 모른다는 생각이 들었다. 4년제 대학에 3학년으로 편입했다. 물론 유아교육과는 아니었다. 다시 머리 싸매고 어려운 과제를 하면서 열등감에 빠지고 싶지 않았다. 그런데 교육자로서의 운명이었는지, 25년 동안이나 전공을 살려 유아 교육자로 일했다. 대학원에서 유아교육을 다시 공부해서 석사학위를 땄다.

자존감은 특별한 사람에게만 주어지는 특권인 줄 알았다. 뭘 해도 당당하고, 주눅 들지 않고 할 말 다 하는 사람을 볼 때마다 부러웠다. 엄마 배 속에서부터 받은 유전자 때문이라고만 생각했다. 스스로 약자라고 단정 지었다. 내 안에 갇혀서 오랫동안 실패한 사람이라는 생각만 했다. 어떻게 하면 더 잘할 수 있을까를 고민하지 않았다. 실패했던 순간만 떠올리고 스스로 가둔 창살에 부모에게 받은 좋은 기억 보다 칭찬받지 못한 기억만 탓하고 억울하게 생각하며 살았다.

아이를 낳아 키우면서 엄마의 자존감이 아이에게 미치는 영향은 엄청나다는 것을 알았다. 느리고 더딘 기질 탓에 뒤늦게서야 알았다. 내 아이가 세상으로 당당하게 나아가길 원한다면 엄마가 먼저 단단한 중심을 잡아야 한다. 그 중요한 사실을 매 순간 잊지 않으려고 노력했다. 그래야 엄마의 역할이 제대로 시작될 테니 말이다. 자존감은 타고나는 게 아니었다. 누구나 상황에 따라 자존감이 바닥일 때도 있고, 다시 차오를 때도 있다. 저마다 극복하기 위해 애쓰며 살고 있다는 사실을 이제는 안다.

랄프왈도 에머슨은 자신에 대한 자신감을 잃으면 온 세상이 적이 된다고 말했다. 자신을 믿는 힘이 부족하니 늘 세상을 비관적으로 생각하게 되기 때문인 것 같다. 내가 잘하고 있는 일을 충분히 믿어주고 사랑해 주는 것부터 자존감은 시작된다. 열등감의 가장 큰 적은 세상 누구도 아닌 나 자신이다. 자신감 있는 나를 위해 오늘 거울을 보고 이렇게 말해 보는 게 어떨까?

'넌 누구보다 잘될 거야! 내가 널 믿으니까.'

부모 자격증 시대

아이들이 나오는 TV 프로그램에 관심이 많다. 아이들의 호기심과 숨은 마음을 엿볼 수 있어 재미있다. 이틀 전 추석 특집으로 방영된 '동치미'라는 프로그램에서 맞벌이 부부들의 고민을 주제로 다뤘다. 엄마 아빠의 고민을 아이들의 생각을 통해 들어보는 시간이었다. '아이들의 솔루션'이라는 타이틀이 눈길을 끌었다. 일하러 나가 있는 동안 혼자 있을 아이들을 걱정하고 불안해하는 부모들의 모습이 그려졌다.

몇 명의 MC들과 아이들이 스튜디오에서 인터뷰하며 진행했다. 부모들은 뒤에서 모니터를 보며 아이가 무슨 말을 하나 숨죽여 지켜봤다. 아이에게 미안한 마음이 가득한 부모들이었다. 하지만 아이들은 오히려 부모를 더 걱정하고 있었다. 여자아이들은 확실히 공감 능력이 좋다는 것을 느꼈다. 엄마에게 하고 싶은 말을 전할 때에도 울컥 눈물을 보였다.

"나는 괜찮으니까 엄마 아빠 즐겁게 일하고 오세요."

"엄마가 일하는 것도 좋은데 나랑 함께하는 시간을 더 많이 늘려주세요."

"아프지 말고 무사하게 집에 오면 좋겠어요."

자녀 양육은 '양보다 질'이라고 전문가는 말했다. 맞벌이 부모가 짧은 시간 아이의 이야기에 귀 기울일 수 있고 놀아줄 수 있다면 종일 곁에 있어 주는 것보다 효과적이라는 사실이다. 한 엄마가 울면서 위로가 된다며 눈물을 쏟았다. 나 또한 일하면서 아이를 키웠기에 더 공감되었다.

2011년, 부모교육 지도자 과정을 공부했다. '유아 행복연구소'에서 주최하는 교육이었다. 초급, 중급, 고급과정을 모두 마무리했다. 모든 부모가 자격을 갖출 수 있도록 원장들은 각자의 원에서 열심히 실천했다. 나도 공부한 내용을 바탕으로 우리 원의 특성에 맞게 교육을 준비했다. 그렇게 부모들과 함께 소통하는 교육을 주기적으로 실시했다. 꼭 참석해서 강의를 들었으면 하는 부모들은 이런저런 이유로 참석하지 않았다. 평소에 아이에게 최선을 다하고 좋은 부모가 되려고 노력하는 부모들은 매번 빠지지 않고 참석했다. 교육의 가치는 부모의 관심으로 증명되었다. 엄마가 공부하러 오면 아이들은 으쓱해진다. 엄마도 공부하고 책을 읽는다는 사실을 알면 아이는 좋아한다. 꾸준히 교육에 참석하는 부모들은 점점 원을 신뢰하고 긍정적인 모습으로 변화되었다.

아이에게 예민하고 까칠하게 대했던 부모들은 말투가 바뀌고, 자녀에 대한 걱정과 불안으로 전전긍긍했던 부모들은 표정에 여유가 생겼다. 어쩌다가 의례적으로 행사처럼 치르는 부모교육이 아니었다. 나도 엄마로서 부족했던 경험을 나누고 힘든 순간들을 털어놓으며 꾸준히 진행했다.

교육과정 마지막 날 함께 공부한 원장들은 부모교육지도자로서 '사명 선언문'을 다 함께 외쳤다.

하나: 나는 부모교육 지도자의 사명을 감당하기 위해 항상 지적 성장을 위해 노력하며, 더 발전된 나를 만들기 위해 열정을 다한다.

하나: 나는 부모들이 자신을 먼저 성찰하고 자녀를 바람직한 방식으로 인도할 수 있도록 등대의 역할을 하는 지도자가 될 것이다.

하나: 나는 부모교육 지도자로서 자녀를 훈육하는 과정이 '고통'이 아닌 '행복'이라는 사실을 알 수 있도록 부모님께 도움을 드리는 역할에 충실하며, 아이와 부모 모두가 행복한 대한민국을 만들도록 최선을 다한다.

전문 강사가 아닌 내가 꾸준한 교육을 위해 따로 시간을 내어 연구하고 강의를 준비하는 일은 만만치 않았다. 어린이집은 아이들이 모두 귀가하고 나서도 마음을 놓을 수 없기 때문이다. 예기치 못한 다양한 상황이 생긴다. 부모들의 고충 상담을 해야 하고, 전달이 미숙한 아이들의 하루 이야기를 중재해야 하는 일이 수시로 생긴다. 맞벌이 가정의 연락사항도 재차 점검해야 한다. 그뿐 아니라 운영에 직결되는 비용문제나 결재시스템도 회사와 조율해야 할 중요한 일이다.

운영자의 역할이 끝도 없이 무겁게 짓누를 때가 많았다. 그럴 때마다 '굳이 이렇게까지 해야 할 이유가 있을까?' 하는 부정적인 생각이 들었다. 하지만 내 마음에 가장 중점을 두어야 할 우선순위가 무엇인지 늘 생각했다. 아이들의 성장에 중점을 두면 답이 보인다. 결론은 "교육"이었다.

책상 위에 놓인 사명 선언문을 읽고 다시 마음을 다잡았다. 교육자로 살면서 절대 미루면 안 되는 일을 생각해 보았다. 사명으로 생각하며 고민하고 연구했던 가장 중요한 한 방향 교육! 그것은 아이들의 꿈, 교직원들의 땀, 학부모들의 힘이었다. 아이를 지지대로 든든하게 받쳐주기 위해서는 꾸준한 교육으로 승부를 걸어야 했다. 리더인 내가 다시 힘을 내야 하는 이유였다.

할까 말까 망설여질 때는 해야 한다는 말이 있다. 배웠던 자료들을 다시 기획하고 다듬어서 교안을 만들었다. 그렇게 실천한 교육은 부모들의 가이드 역할을 해주었다. 굵고 힘찬 줄기로 뻗어나가는 부모교육은 나의 사명과 철학을 만들어 주었다.

요즘은 자격증 시대라고 해도 과언이 아니다. 이력을 증명해 주기 위한 필수조건이기도 하다. 살면서 갖춰야 할 자격은 참 많다. 그중 하나가 부모 자격이다. 제대로 공부하고 부모가 된 사람이 얼마나 있을까. 설사 있다 하더라도 자녀와의 소통에서 많은 벽을 만나게 된다. 아이의 감정을 다루고 소통하며 삶을 가르친다는 점에서 부모 자격이라는 말은 엄청난 의미가 담겨있다. 부모가 된다는 것은 책임 있는 어른으로 한 걸음 나아가는 일이니까 말이다.

행복은 그럴만한 자격이 있는 사람에게만 찾아온다는 말이 있다. 부모의 자격도 마찬가지일 것이다. 단어의 어원을 풀어놓은 책《겐샤이》에서 "코치"라는 뜻을 '중요한 사람을 목적지로 무사히 데려다주는 것'이라고 알려주었다. 단순히 조력자라는 뜻에 깊이를 더한 언어의 유래였다. 지금을 살아가는 우리 모두를 위한 문장이었다. 부모에게 가장 중요한 사람은 바로 자녀일 것이다. 자녀가 원하는 목적지까지 무사히 데려다주는 부모는 아이의 코치라고 할 수 있다. 부모 자격은 코치의 역할과도 같다. 자녀가 행복한 목적지에 잘 도달할 수 있도록 여행길을 안내해 주는 과정이다. 단, 서두르지 않는 것이 코치의 첫 번째 임무다.

꿈이 있는 엄마의 하루

꿈이 없었다. 꿈이 뭔지도 몰랐다. 적극적으로 도전하는 성격이 아니었다. 뚜렷한 목표나 계획이 없었다. 그런 내가 어찌 꿈을 생각할 수 있었을까. 대학을 졸업하고 결혼 후에도 딱히 하고 싶은 일은 없었다. 엄마 품에서 벗어난 것만으로 만족하며 살았다. 낮에는 피아노 교습소를 운영했고, 밤에는 편입한 대학교에 다녔다. 배우고 싶은 과목이 문학이긴 했지만, 더 알아보지도 않았다. 그나마 언어에 관심이 있어 영어과를 선택했다. 중학교 때 영어 선생님이 재미있게 가르쳐 주신 덕분으로 영어는 즐거운 과목 중 하나였다. 그런데 막상 대학교에서 배우는 영어는 영미 소설 원본을 해석하거나 독해력이 필수가 되는 수업이었다. 기본 지식이 없으니 수업을 따라가기도 역부족이고 재미가 없었다.

'난 대체 잘하는 것도 없고, 관심 분야도 없고, 왜 이 모양이지?' 자신감이 부족했다. 내 힘으로 이루어낸 성취감을 제대로 맛본 일이 없었다. 늘 내 모습을 초라하게 느꼈다.

첫아이를 임신하고 만삭이 되었을 즈음 교습소를 정리했다. 아이를 키우면서 집에서 피아노를 가르칠 수도 있을 것 같아 네 대의 피아노 중 두 대는 처분하지 않고 집 거실로 옮겼다. 아이를 낳고 보니 집과 직장이 분리되지 않은 채 육아까지 한다는 것은 엄두도 못 낼 일이었다. 육아는 딱 1년. 아이의 돌이 지나고 한 달 뒤, 남편이 다니는 회사의 직장 어린이집 교사가 되었다. 시어머님께서 아이를 봐주신 덕분에 사회생활을 시작할 수 있었다. 딱히 무엇을 하고 싶어서라기보다 전공을 살려 일을 하고 싶었다. 그렇게 나는 유아 교사가 되었다. 교사로 9년을 보내고 30대 중반에 원장이 되었다.

리더가 되겠다는 결단을 내리고 난 뒤부터 '책임감'이라는 단어가 강박처럼 내 삶에 스며들었다. 교사의 직분에서 보고 듣고 경험한 일보다 훨씬 다양한 업무가 기다리고 있었다. 그래서 가장 먼저 출근하고 가장 늦게 퇴근하는 생활을 시작했다. 잘 해내고 싶은 마음은 물론이고, 어떤 문제가 발생 되더라도 내가 책임진다는 각오를 당연히 받아들였다. 그중 가장 중요하게 생각한 업무는 단연코 교사들의 마음 교육이었다. 초심을 잃고 싶지 않았다. 열심히 배웠다. 시간을 할애해서 교사들과 함께 교육에 참여했다. 내가 알아야 가르칠 수 있었고, 원의 흐름을 한눈에 파악할 수 있었다.

교사였을 때 내가 가장 관심을 가지게 된 분야는 부모와의 소통이었다. 결혼 후 아이를 출산하고 나서 시작된 교사 생활이었기에 막 졸업한 새내기 교사와는 달랐다. 교사이기도 하지만, 나 또한 부모라서 금세 공감할 수 있었다. 어린 나이라서 부모들 앞에 설 때 두려움이 컸다. 하지만 교사였을 때 나를 지켜보던 부모들에게 더 깊은 신뢰를 주고 싶었다. 그래서 배워야겠다는 의지가 강했다.

밤낮없이 어린이집 운영에 매달리다 보니, 초보 원장 3년 차에 접어드니 점차 안정되기 시작했다. 나를 힘들게 했던 교사들도 열심히 하는 내 진심에 조금씩 따라와 주었다. 원을 비우면 큰일 날것처럼 생각하고 운영관리를 철저히 했다. 하지만 좀 더 질 높은 교육을 위해서는 나를 성장시킬 수 있는 배움이 필요했다.

정신없이 일만 했다. 원장으로서 책임감은 완벽하게 해냈지만, 내 아이의 교육은 얼마나 신경 썼을까.

문득 내 아이를 보았다. 언제 이렇게 자랐을까. 몸도 마음도 훌쩍 자라 다른 아이들에 비해 폭풍 성장한 내 아이가 보였다. 사춘기가 왔다. 원래 개성이 강하고 자기주장이 뚜렷했던 큰아이는 자꾸 엇나가기 시작했다. 가장 두드러지게 달라진 태도는 말투였다. 아들은 학교생활을 충실히 하지 않고 자꾸 겉돌았다.

부모교육을 접하면서도 학부모들에게 전달할 목적만 생각했다. 하지만 가장 변화되어야 할 부모는 나 자신이었다. 아이에게 호통치는 부모는 아니었지만, 너무 방관하고 관심을 두지 않았다. 걱정도 되고 모두 다 내 탓인 것만 같아 마음이 무거웠다. 그렇다고 그냥 걱정만 하고 있을 수는 없었다. 사춘기를 겪고 혼란스러워하는 아이와 대화를 어떻게 이어 나갈지 방법을 찾아야 했다. 그때부터 부모교육에서 배운 내용을 적용했다. 학부모에게만 강조했던 기다려주기! 과연 나는 우리 아이를 얼마나 기다려주었는지 깊이 생각해 보았다. 자기의 개성을 존중받고 싶었던 아이였는데, 막상 학교생활은 규제가 많았다. 중학생 아이들은 사춘기 중에서도 정점을 찍는다. 아이도 어찌할 수 없는 몸과 마음의 변화를 견디고 있는 시기다. 학교 선생님들이 얼마나 아이에게 관심이 있을까. 한 번이라도 아이를 토닥거리고 손잡아 줄 수는 없었을까? 선생님의 전화상담은 항상 엄마에게 아이의 잘못된 행동을 고자질하는 정도로 그쳤다. 늘 아이가 문제투성이라는 점을 엄마인 나에게 각인시킬 뿐이었다. 나는 그때 알았다. 아이를 있는 그대로 믿어줄 수 있는 사람은 오직 엄마인 '나'뿐이라는 사실을 말이다.

정신을 바짝 차렸다. 바쁘게 일하면서도 아이의 말에 귀 기울이기 시작했다. 학교에 가기 싫어 아프다는 뻔한 거짓말도 모른 척해 주었다. 출근해서 급한 일을 정리한 후 점심을 아이가 좋아 하는 메뉴로 함께 먹기도 했다. 방황하는 아이에게는 무조건 공 감해 주고 지지해 주는 자기편이 필요하다는 사실을 감지했다. 그러기 위해서는 공부해야 했다. 달라진 엄마의 모습이 절실했 다. 자녀가 변화되길 바라는 모습을 엄마인 내가 먼저 보여주는 것이다.

서울 동그라미 연구소에서 주최하는 '강사스쿨' 스피치 과정 에 등록했다. 교육비도 만만치 않았고, 소요시간은 말할 것도 없 었다. 매주 목요일 하루를 온전히 비워야 했다. 서울까지 버스로 3시간 30분, 정작 공부하는 시간은 3시간인데, 길에 버리는 시간 이 절반 이상이었다. 배우고 싶어 선택했으니 내가 감당해야 했 다. 드디어 나에게도 꿈이 생겼기 때문이다.

교육을 마치고 집에 돌아와서 책상 앞에 앉으면 자정이 다 되 었다. 그래도 나는 컴퓨터를 켜고 과제를 먼저 했다. 그렇게까지 해야 하냐는 남편의 뒷소리가 불편해서 힘들다는 말은 아예 꺼 내지도 못했다.

평소와 똑같이 일어나 출근 준비를 하고, 아이를 학교에 데려 다주고 나서 일터로 향했다.

"엄마, 힘들지 않아? 서울까지 다녀와서 오늘도 일해야 하는

데……."

"당연히 피곤하지. 그래도 엄마가 선택한 일이니까 최선을 다하는 거야."

'너도 엄마처럼 열심히 공부해.'라는 잔소리 대신, 있는 그대로 내 이야기를 전했다.

고등학생이 되면서부터 아들은 야간자율학습을 하고 오니 귀가 시간이 늦어졌다. 퇴근해서 고단한 몸으로 잠들어 있다가도 현관문 소리가 들리면 곧바로 일어나 앉았다. 책 읽는 척이라도 했다. 아이가 보는 부모의 행동은 좋은 자극이 되기도 하고, 부정적인 감정을 키우게도 한다. 무엇을 택할 것인지는 엄마의 결정뿐이다.

"아이들이 당신 말을 듣지 않는 것을 걱정하지 말고 그 아이들이 항상 당신을 보고 있음을 걱정하라." 작가 로버트 폴검의 말이다. 누군가의 모델링이 된다는 것은 쉽지 않은 일이다. 특히나 자녀에게 모범을 보이는 일은 더 어렵다. 하지만 꿈이 있는 엄마라면 가능하다. 힘들더라도 아이의 꿈을 말로 설명하지 않고 꿈을 이루는 방법을 보여주면 그걸로 충분하다.

제 3 장

있는 그대로
믿어주기

기다려주는 것이 답이다

"민석아, 어디야? 언제 와? 많이 늦네? 금방 온다면서……."

"금방 들어갈게. 엄마 먼저 저녁 먹어."

아들의 귀가가 늦어지면 금세 재촉하는 나도 어쩔 수 없는 엄마다. 아들의 금방 온다는 말은 언제나 습관적으로 하는 말이다. 금방이 몇 시간이 되기도 한다. 이젠 익숙해질 만도 하지만, 때 되어 집에 안 들어오면 당연히 걱정이 앞선다.

두 아들이 중학교, 고등학교에 다닐 때 귀가가 늦어지면 어김없이 나는 어디인지, 언제 올 건지 채근했다. 엄마로서 당연했다. 뉴스에서 무서운 사건 소식을 들으면 걱정은 배로 더했다. 전화해서 받지 않으면 불안했다.

평소 아이들에게 허용적인 엄마지만, 집에 안 들어오면 초조하고 걱정되는 마음이 커지면서 예민해졌다.

세상이 무서워졌다. 딸 가진 엄마들은 얼마나 걱정될까 조마조마했다. 아이들 올 시간이 되면 시계만 쳐다봤다. 오다가 골목에서 혹시나 시비가 붙지는 않을까, 친구랑 싸워 다치지는 않을까, 걱정은 눈덩이처럼 커져 안절부절이었다. 아이가 대학생이 되고 나서는 덜했지만, 여전히 밤이 깊어가면 애꿎은 핸드폰만 들여다봤다. 문득 온종일 엄마를 기다렸을 어린 아들들의 모습이 떠오른다.

"엄마 언제 와? 빨리 올 거지? 응?"
"그럼. 엄마 빨리 올게. 할머니 말씀 잘 듣고 재밌게 놀고 있어. 알았지?"
아이에게 지키지 못할 약속을 예쁜 거짓말로 포장하며 출근길에 나섰다. 아이에겐 엄마의 손길이 늘 필요하다. 한참 응석 부릴 때 나는 아이 곁에 없었다. 늘 바쁘게 살았다. 큰 애가 걸음마를 뗀 지 2개월도 안 되어 직장에 나가기 시작했다. 일벌레처럼 일하다 집에 오면 녹초가 되었다. 그나마 큰애는 첫 돌이 될 때까지 곁에 있었다. 둘째는 낳고, 산후 휴가 딱 두 달 쉬고 다시 일을 시작했다.
종일 엄마를 보지 못했으니, 둘 다 엄마 곁에 있겠다고 칭얼거리는 아들들과 놀아주다 스르르 잠들곤 했다.

아빠는 갑자기 쓰러져 입원 한 달 만에 돌아가셨다. 병명은 뇌출혈이었다. 그 후로 엄마는 '가장'이 되셨다. 백화점 주부 사원으로 입사해서 일을 시작하셨다. 지하 1층 식품 매대에서 고객들을 응대하는 일이었다. 종일 서 있어야 하니 얼마나 다리가 아프셨을까. 퉁퉁 부어있는 다리를 만지고 계실 때를 몇 번이나 보았다.

버스를 타고 출퇴근을 하셨다. 나는 학교에서 돌아오면 대충 밥을 안치고 찌개도 가끔 끓여놓기도 하면서 엄마를 기다렸다. 대학생이지만 친구들과 놀러 가거나 돌아다닌 기억은 거의 없다. 학교에서 곧장 집에 오거나 성당에서 오르간 반주 봉사를 하고 피아노를 연습하는 것이 내 대학 생활의 전부였다.

그때까지만 해도 나는 잠이 많았다. 특별히 예민하지 않아서 그랬는지도 모르겠다. 가까이에서 큰 소리로 흔들어 깨워도 모를 정도로 단잠을 자곤 했다.

대학교 1학년 때였다. 학교에서 돌아와 중간고사 공부를 하다가 스르르 잠이 들었다. 밖에 비가 내리는지도 모르고 깊은 수면에 빠졌다. 꿈인지 아닌지 멀리서 들리는 희미한 소리에 잠이 깼다.

"한송아! 한송아! 문 좀 열어. 안에 있니? 문 열어!" 그제야 엄마의 목소리가 들렸다. 깜짝 놀라 벌떡 일어나 비몽사몽 정신을 차리려고 애썼다. 현관으로 나가서 마당을 가로질러 대문으로 향했다.

"도대체 뭐 하고 있었어? 이렇게 비가 내리는데 마중 나오지도 않고!"

호통 소리에 정신이 번쩍 들었다. 엄마의 잔뜩 화난 표정과 말투에 아무 말도 못 하고 눈치만 살폈다. 퇴근하고 오는 엄마가 걱정되어 항상 밥도 해놓고 집안 정리도 하면서 기다렸는데…….

어쩌다 잠이 들어버렸는지 죄인이 된 것만 같았다. 그럼에도 불구하고 엄마의 마음을 온전히 헤아리진 못했다. 평소 급한 엄마의 성격을 알고 있었지만, 어쩔 수 없이 서운한 마음이 들었다. '내가 일부러 그런 것도 아닌데…….'

가정주부였던 엄마는 사회생활을 시작하면서 아빠 잃은 슬픔을 애서 잊으려 했다. 그런 모습을 보면 마음이 아팠다. 하지만 아빠의 빈자리를 느끼게 하지 않으려는 듯 자녀들을 더 엄하게 다그쳤다.

퇴근해서 집에 오자마자 털썩 주저앉았다. 유난히도 어린이집의 이런저런 사건(?)이 많고 거듭되는 상담에 지쳐 있었다. 누가 건드리기만 하면 금세라도 울음이 터질 것만 같은 기분이었다. 화장대 의자에 옷도 갈아입지 않고 멍하니 걸터앉았다.

"엄마~" 나를 부르던 아들은 내 표정이 좋지 않아서인지 하려던 말을 멈추고 돌아섰다.

"응 왜? 말해 무슨 일 있어?"

"아니야. 엄마 피곤해 보이네."

아들의 표정도 왠지 그늘이 져 있다.

"아니 다른 건 아니고…… 엄마가 바쁜 건 아는데 엄마 역할을 좀 더 해주면 안 될까?"

"……."

"아니, 엄마 피곤한데 괜한 말을 꺼냈나 봐. 미안해요."

고2였던 아들이 뒤늦게 예체능으로 진로를 바꿔서 일찍 귀가를 시작할 무렵이었다.

'무슨 말이지? 잘 못 들었나?' 하루 10시간 가까이 발 동동 구르며 뛰어다녔다. 아침 일곱 시도 못 되어 집을 나서서 저녁 여덟 시가 되어 들어온다. 직장생활 15년째였던 그해, 슈퍼우먼이 된 나의 루틴이었다. 내가 주부 역할을 하지 않은 것은 아닌데. 나름대로는 아이들 학교 가기 전 먹을거리를 식탁 위에 차려두고, 출근 준비하며 바지런을 떨었다. 퇴근할 때 저녁 찬거리를 사서 들어올 때도 많았다. '왜 저런 말을 하지? 갑자기?' 큰 바윗덩어리로 한 대 얻어맞은 느낌이 들었다. 일찍 들어왔는데 먹을 간식도 없고, 빨아달라고 내놓은 옷도 정리가 안 되어서 그런 듯했다. 아들도 그렇게 말을 해놓고선 멋쩍었는지 학원에 간다고 조용히 집을 나섰다. 머리가 복잡했다. 억울한 생각도 들었다. 직장생활하면서 이만큼 하면 된 거지 그 이상 뭘 얼마나 해야 하나. 늘 내 편이고 나를 다 이해해 주던 아들이 남처럼 느껴졌다. 당황스러웠다. 일하면서 나름 동분서주했던 나는 대체 누가 이해해 줄까. 다 집어치우고 싶었다. 가슴이 답답해서 숨이 쉬어지지 않았다. 믿었던 아들에게까지 그런 말을 들으니 애써 감췄던 감정이 솟구쳤다. 기분은 쉽게 진정이 되지 않았다.

한참을 멍하니 있다가 핸드폰을 열었다. 지혜로운 엄마가 되어야지, 순간 마음을 다잡았다. 아들에게 카톡으로 긴 편지를 보냈다. 서운한 마음을 솔직하게 썼다. 내 마음을 있는 그대로 보여주었다. 글로 마음을 전하는 것은 말보다 강력한 힘이 있음을 알았으니까. 엄마가 얼마나 힘들게 일하고 바쁜지 아는데 순간 잘못 말을 뱉었다며 아들도 답장을 보냈다.

비 오는 날 지친 몸을 끌고 집에 왔는데 아무도 반겨주지 않았던 그 순간. 굳게 닫힌 문을 흔들면서 내 이름을 연신 불렀을 엄마의 마음을 이제야 알 것 같다. 가장으로서 자식들 가르치고 살아내려는 가녀린 어깨 위의 고단함을 왜 그땐 몰랐을까. 왜 진심으로 엄마를 안아주지 못했을까. 우리 엄마도 슈퍼우먼이었는데…….

부모와 자녀 사이에 기다려주는 타이밍은 참 중요하다. 역지사지의 마음만 있다면 문제 될 것이 없다. 한 번만 엄마의 마음으로 생각해 보고, 또 한 번만 자식의 마음이 되어보면 서로의 입장을 더 깊이 이해할 수 있지 않을까?

아들이 나를 기다렸던 어린 시절을 뒤로하고 이젠 내가 아들을 기다린다. 오랜 시간이 걸려 부모가 되고 나서야 엄마의 무겁고 고단한 삶을 더 깊이 이해할 수 있었다. 내 아이들도 부모가 되면 나를 더 이해해 줄 수 있을까.

자신의 꿈대로 크는 아이들

"너는 커서 뭐 될 거야?" 어린 시절, 많이 들었던 말이다. 선뜻 답하기 어려운 질문이었다. 이 질문은 시간이 지날수록 '뭐가 되어야 어른들이 좋아할까?'로 바뀌었다.

부모나 선생님의 입맛에 맞는 사람이 되기 위해 애썼다. 초등학교 때 가정학습 실태 조사서에 장래희망을 적을 수 있는 칸이 있었다. '장래 희망을 꿈으로 해석할 수 있을까?' 내가 하고 싶은 것을 적기보다는 내가 뭐가 되어야 할지 부모님께 되묻곤 했었다. 지금 생각해 보면 웃음만 나온다. 그 당시에 아이들의 꿈은 대부분 부모가 원하는 대로, 하라는 대로 결정되었다. 내 꿈이 아닌 바로 엄마 아빠의 꿈이었다. 공부 잘해서 좋은 대학에 들어가고, 자랑할 만한 직업을 갖는 것, 그것이 최고의 자랑거리였다. 내가 누구인지도 모른 채 점수에 맞춰 전공과목을 선택하는 것은 당연한 일이었다.

나 또한 마찬가지였다. 딱히 하고 싶은 것도 없던 나였다. 그나마 공부를 잘하고 성적관리를 잘하는 친구들은 선택의 폭이라도 넓었다. 나는 책상에 앉아 있는 시간에 비해 성적은 언제나 제자리였다.

1989년, 내가 대학에 막 입학했을 때 〈행복은 성적순이 아니잖아요〉라는 영화가 상영되었다. 영화는 그야말로 대성공을 거두었다. 특히 청소년들의 마음을 자극하기 충분한 내용이었다. 비극으로 끝난 이 영화는 제목 때문에 부모와 자녀 간에 갈등을 빚기도 했다. 우리 모두의 고민이었던 행복과 성적이라는 키워드 때문이었다. 한참 사춘기에 예민했던 아이들은 이 영화를 무기 삼아 반항심이 더 커지는 계기가 되었다. 영화 속 주인공의 죽음으로 학교와 가정에 큰 파장을 불러일으켰다. 교육 현실을 반영한 드라마가 속속들이 인기 방영되었다. 행복은 성적순이 아니라는 말이 유행어처럼 번졌고, 반항하는 아이들은 등교를 거부하는 일도 종종 생겼다.

속된 말로 치맛바람이 극성인 엄마들이 있다. 우리 엄마도 그중 한 명이었다. 자식들이 공부 잘하길 누구보다 간절히 바랐다. 지금은 시험제도가 많이 축소되고 있지만, 초등학교 1학년 때부터 시험이라는 굴레는 시작되었다. 엄마는 시험지에 많이 있는 동그라미보다 쭉쭉 그어진 작대기만 확인했다. 시험을 보기 전부터 예습, 복습 쉴 새 없이 엄마의 감독하에 책상 앞에 앉아 있어야 했다. 공부하는 요령을 몰랐다. 머리도 좋지 않을뿐더러 이해력이 많이 떨어졌다. 그런 나를 엄마는 늘 답답해하셨다. 그나마 저학년 성적은 엄마의 잔소리 덕분에 수우미양가 중 수가 많았다. 하지만 딱 거기까지였다. 고학년이 되면서 시험은 더 어려워졌고 진짜 내 실력이 드러났다. 시험 기간만 되면 초조하고 불안했다. 성적 때문이 아니라 엄마에게 혼이 날까 두려운 마음이 더 컸다. 갈수록 공부에 흥미를 잃어갔다.

네 살이 막 되었을 무렵, 형태는 연필과 노트를 가져와 한글 공부를 하자고 졸라댔다. 3월에 태어나서 그런지 타고난 성격인지 또래 친구들보다 뭐든 빨랐다. 흔히 첫 아이의 반응을 보고 '내 아이가 천재 아니야?'라고 생각한 것처럼 나도 그랬다. 하지만 아이에게 공부를 직접 가르치거나 닦달하지는 않았다.

초등학교 공부는 진짜 자신의 실력이 아니라고 생각했기 때문이다. 때가 되면 저절로 할 수 있다고 믿었다. 어린 시절 엄마가 내게 가르친 방식이 너무도 싫었기에 그냥 내버려 두었다. 어쩌면 방치에 가까웠을지도 모르겠다. 이런 이야기를 동료 교사들이나 지인들에게 이야기하면 아이가 잘 따라가니까 그렇지,

만약 한글도 못 떼고 행동도 느리면 나도 우리 엄마처럼 똑같은 극성 엄마가 되었을 거라 했다. '나는 우리 엄마랑은 완전 다른 사람인데……' 극성 엄마가 될 적극적인 성격도 아니었을뿐더러 간섭하고 싶지 않았다. 스스로 공부할 필요성을 느껴야 제대로 공부할 수 있다는 것을 알았기 때문이다. 무엇보다 나처럼 공부로 인해 스트레스를 받게 하고 싶지 않았다.

큰애가 초등학교 4학년 때 영재반 시험에 단번에 합격했다. 기분이 좋았다. 어쨌든 우리 아이가 잘한다니 더 바랄 게 없었고, 나도 엄마로서 우쭐해졌다. 그 기쁨도 잠시, 최종시험에서 떨어졌다. 오히려 잘 되었다고 생각했다. 내가 바쁘기도 했고, 무엇보다 쫓아다니며 아이의 학습을 책임질 자신이 없었다.

"엄마, 저 음악 하고 싶어요."

사춘기가 끝날 무렵 큰애는 하고 싶은 일이 무엇인지 고민하기 시작했다. 미술 선생님이었던 외할아버지의 숨은 끼와 재능을 물려받아 예체능에 소질이 보이긴 했다. 입시 미술학원에 문의도 해보고, 예술고등학교 진학도 권했는데 뒤늦게 음악을 하고 싶다니…… 한참 수능 준비 공부에 몰입해야 할 고2였다. 아무 준비 없이 음악으로 대학을 가기에는 많이 늦었다는 생각이 들었지만, 원하는 것이니 해보라고 허락했다. 결국, 진로를 선택하는 몫은 부모가 대신해줄 수 없음을 다시 느꼈다.

아들은 자기 나름대로 음악을 만들어내고 창작활동을 하는 뮤지션이 되었다. 스스로 찾아낸 길 위에서 마음껏 인생을 계획하고 꿈꿨다. 자유롭고 독립적으로 살아가고 있다. 내가 엄마한테 받은 양육방식 그대로 아이를 키웠다면 어땠을까.

무수히 많은 동기부여 책에서 선명한 꿈을 상상하고 좇으라고 말한다. 그러나 아직 자기가 무엇을 좋아하는지조차 모르는 아이들에게 꿈을 찾는 과정은 막연한 감정일 수 있다. 그래서 경험해 봐야 안다. 그 일을 해보기 전까지는 모른다. 좋아하는 일이라면 어렵고 힘들어도 기꺼이 할 수 있다.

부모의 뜻대로 다 결정해주고 모두 해결해준다면 그것은 부모의 꿈이다. 부모는 나침반 역할을 해야 한다. 아이의 흥미도가 무엇인지 관찰하고 스스로 길을 찾아갈 수 있도록 안내해 주도록 말이다.

꿈을 찾기까지 오랜 시간이 걸렸다. 꿈이라는 실체가 무엇인지조차 몰랐지만, 매일 글을 쓰면서 알게 되었다. 꿈은 저절로 찾아오지 않는다는 사실을. 나를 제대로 바라볼 줄 알아야만 비로소 내 꿈이 보이기 시작한다는 것을.

아이에게 뭐가 되고 싶은지 묻지 말고 어떤 사람이 되고 싶은지 물어야 한다. 명사형 직업보다는 동사형 꿈이 중요하다. 공부만 강요하지 말고, 즐겁고 신나게 일상을 즐기라고 조언하는 부모가 많아지면 좋겠다. 일상의 사소한 것부터 관심을 가지면 꿈도 찾을 수 있고 인생 방향도 정할 수 있다. 거창한 목표와 계획만 생각하지 말자. 아이가 무엇을 할 때 기분이 좋은지, 어떤 일을 할 때 즐거움이 넘치는지 알기 위해서는 시간이 필요하다. 부모인 우리가 먼저 그 사실을 받아들이고 여유 있게 지켜봐 주면 좋겠다.

못해도 괜찮아

"아이를 언젠가는 떠날 손님이라고 생각하면 아이에 대한 생각이 확 달라진다. 내 맘보다 아이의 맘을 살피게 되고, 어떻게든 늘 잘해주고 싶고, 단점보다는 장점에 더 눈이 가며, 조그만 호의에도 고마워하게 된다."
- 《다시 아이를 키운다면》중에서 -

흔히 손님을 치른다고 하면 '고생'이라는 단어가 먼저 떠오른다. 물론 손님을 맞이하는 기쁨도 있겠지만 어느 정도의 수고를 거쳐야 하니까 말이다. 누가 우리 집을 방문한다고 하면 어떤가. 우선 집안 곳곳을 치우기 시작한다. 다른 사람에 대한 최소한의 예의이기도 하고, 지저분한 모습을 보여주고 싶은 사람은 없을 테니 말이다. 자식을 손님 대하듯 하라는 말에서 내 나름의 두 가지 의미로 해석해 보았다. 첫째는 집착하지 말자는 교훈이다. 스스로 할 수 있도록 가르치는 대신, 끊임없이 아이를 닦달하고 채근하며 부모의 생각을 주입하는 부모들이 많으니 말이다. 둘째는 부모와 자녀 간에도 적당한 거리가 있어야 한다는 일침이다. 애틋하고 사랑이 넘치는 사이일수록 더 예의를 갖춰서 오래도록 좋은 관계를 유지해야 한다는 의도가 아닐까?

'나는 어떤 부모인가'에 대해 생각하기보다 '나는 어떤 딸이었나'를 생각해 보는 요즘이다. 오랫동안 엄마의 훈육방식을 이해하지 못했다. 자녀에게 집착하는 것처럼 보였다. 특히 학습에 있어서만큼은 그 정도가 심했다. 공부 잘하는 아이와 끝도 없이 비교하고 혼을 냈다. 초등학교 때부터 엄마는 자녀들의 성적관리에 열을 올렸다. 문제 하나, 점수 하나에 예민했다. 내가 시험을 보는 건지, 엄마가 시험을 보는 건지 구분이 되지 않을 정도였다. 공부하기 좋아하는 아이가 얼마나 있을까. 엄마의 잔소리 때문에 싫은 공부가 더 지겨워졌다. 흥미가 있는 과목도 없었다. 답답했다. 똑똑하지 않은 내가 싫었다. 그나마 유일하게 숨통이 트이는 시간은 음악 시간이었다. 혼자 노래를 부르면 조금은 진정이 되었다.

늘 언제 혼날지 모르는 긴장 상태였기에 즐거움이라곤 없었다. 문제 풀이를 하고 나면 엄마는 꼭 확인하고 질문을 던졌다.

정답을 알고 있어도 확신이 없었다. 틀리면 어쩌나 전전긍긍했다. '몇 번을 가르쳐 줘도 모르냐?'는 말은 가슴속에 콕콕 박혔다. 그럴수록 더 입을 다물게 되었다. 왜 공부를 엄마한테 배워야 하는지, 불만은 쌓여갔다.

아이들을 가르칠 때 나는 주로 일곱 살 반을 맡았다. 교사들은 취학 전 아이보다는 귀엽고 순수한 다섯 살 아이를 지도하는 것을 선호했다. 그도 그럴 것이 졸업반이라서 교사의 업무가 많았다. 특히 졸업앨범이나 학예회 등 학부모에게 성과를 보여줘야 한다는 부담감을 가졌다. 하지만 나는 예외였다.

어린 연령대 아이의 심리를 파악해야 한다는 것이 오히려 부담이었다. 자칫 잘못하면 내가 엄마에게서 받은 훈육방식을 그대로 전달하게 될까 하는 두려운 마음도 있었다.

1년을 마무리할 때쯤 학예회, 일명 재롱잔치가 열린다. 습관처럼 매년 치르는 어린이집 행사였다. 지금은 코로나로 인해 그런 행사들이 많이 축소되긴 했지만, 최근까지도 학예발표회는 계속 이어져 왔다. 학부모의 찬반 의견이 많다. 지금 생각해 보면 그런 행사가 공부뿐만 아니라 예술 분야에서도 너무 획일화되었던 건 아니었는지 반성이 된다. 지금에야 K-POP이 전 세계에서 주목받고 있으니 자연스럽게 받아들이고 있지만, 그 당시(1990년대)만 해도 그저 부모의 만족을 위한 행사일 뿐이었다. 예쁜 옷 입혀놓고 허수아비처럼 무대에서 똑같은 율동을 따라 하도록 가르치는 것이 교사의 입장이라면, 아이들의 입장은 강요받고 있다고 생각하지 않았을까?

일곱 살 아이들은 동생 반보다 무대에 두 번 더 오른다. 이제 학교에 가기 전이니 또 무대에 설 수 없다는 논리에서다. 그래서 가르칠 것이 많았다. 점심을 먹고 나면 여자아이들은 부채춤, 남자아이들은 태권무를 가르친다. 담임교사 혼자 다 가르치기 어려우니 교사에 따라 잘 가르치는 분야를 할당한다. 우리 반 아이들이 다 같이 무대에 오르는 부문은 담임인 내가 가르쳐도 되지만, 다른 반과 섞여 지도할 때는 어쩔 수 없이 아이들이 나뉜다. 선생님마다 가르치는 방식이 달라서 아이들이 힘들어하기도 했다.

"선생님, 저 부채춤 안 하고 싶어요. 하기 싫어요. ○○반 선생님은 너무 무서워요."

"재미없어요. 너무 어려워요. 선생님이 맨날 소리 질러요."

음악을 즐거워하고 몸이 따라 주는 아이들은 즐거운 시간이었겠지만, 몸이 유연하지 않고 동작을 잘 따라 하지 못하는 아이들은 얼마나 곤혹스러웠을까. 동료 교사에게 힘들어하고 의욕 없는 몇몇 아이들의 특성을 알려주고 너무 야단치지 않았으면 좋겠다고 전하면 어김없이 그 교사는 내게 이렇게 말했다.

"선생님, 무대에서 안 하고 가만히 있으면 그 엄마는 좋아하시겠어요? 원장님은 또 뭐라 하시겠어요. 정 그러시면 저는 이거 안 가르칠게요. 선생님이 다 하세요!"

톡 쏘아붙이는 말투에서 서운함을 느꼈다. 물론 맞는 말이다. 아이들을 큰 무대 위로 올리는 행사는 교사들도 상당한 스트레스였기 때문이다. 경쟁은 아니지만 어느샌가 발표회 무대를 잘 지도하는 것이 교사의 능력으로 급부상했으니 말이다. 발표회 영상을 보고 그대로 따라 하기도 하지만, 교사의 감각과 아이디어가 중요했다. 심지어는 교사를 평가하는 중요한 척도까지 될 정도였다.

가르치면서 알게 되었다. 아이들은 의외로 부모에게서 '못해도 괜찮다.'는 말을 듣고 싶어 한다는 사실을 말이다. 뭐든 잘하면 좋겠지만, '잘'이라는 그 한 글자 때문에 아이가 받아들이는 부담은 엄청나다.

여섯 살 때부터 피아노를 배웠다. 왜 배워야 하는지 몰랐지만, 엄마가 하라고 해서 버스 타고 먼 거리를 오가며 배웠다. 치기 싫었다. 그렇지만 엄마한테 혼나기 싫어서 다녔다. 좀 못해도 괜찮다는 말을 들었다면 그렇게까지 싫지는 않았을 터다. 없는 형편에 가르쳤더니 그것도 제대로 못 하냐는 핀잔을 듣기 싫었고, 그것이 전부 스트레스가 되었다. 아이들에게 잘해야 한다는 부담을 주지 않아야 한다.

아이들을 발표회 무대에 올리기 위해 늦은 밤까지 비디오를 돌려봤다. 보고 또 보고 다시 안무를 기획했다. 아이들의 수준도 고려하지 못한 채 멋있는 동작을 만들어냈다. 그런 지난날의 경험 속에서 내 어린 시절이 떠올라 아이들의 입장을 좀 더 생각해 볼 수 있었다.

엄마는 누구보다 남부럽지 않게 잘 키우려 애썼다. 곰곰이 생각해 보면 내가 엄마를 손님처럼 대하고 있는 딸이었다. 다가가기 어렵고 와락 안기고 싶은 마음도 억누르며 늘 거리를 유지했다. 이렇게 빨리 엄마가 내 곁을 떠나게 될 줄은 상상조차 못 하고 말이다.

엄마가 나에게 거는 기대를 내려놓고 조금만 더 편하게 바라봐 줬다면 어땠을까. 답답하고 느린 아이, 조금만 더 기다려주고 살펴주었다면 어땠을까. 집착하지 않고 나를 그대로 지켜봐 주었더라면 어땠을까.

자식 잘되기를 바라는 마음은 모든 부모의 마음이다. 좀 못하면 어떤가. 꼭 모든 일을 완벽히 잘해야만 되는 것은 아니다. 언제 어떻게 어떤 꽃을 피울지 아무도 모른다. 나름대로 잘할 수 있는 하나의 장점을 꾸준히 계발시킨다면 충분하다. 우리 집에 오는 손님을 서둘러 가라고 보채지 않는 것처럼, 자녀에게도 충분한 시간을 두고 마음껏 즐기게 하면 좋겠다.

자녀의 정서 통장 확인하기

인생 통장이라는 말을 좋아한다. 좋든 싫든 내 인생에 들어와 관계를 맺는 사람들은 다양한 모습으로 쌓여간다. 힘들고 어려울 때 어떤 고민이든 털어놓을 수 있는 사람, 나를 있는 그대로 인정하고 바라보는 사람, 어떤 상황에서도 나를 믿어주는 사람은 세상 무엇보다 귀한 자산이다.

반대로, 형식적인 만남일 뿐 오래도록 연락이 끊어진 사람들도 있다. 열 길 물속은 알아도 한 길 사람 속은 모른다는 옛 속담은 틀린 말이 아니다. 사람을 대하는 자세와 태도가 각자 다르기 때문이다.

22년간 한 직장에서 일했다. 주인의식을 가지고 무슨 일이든 성실하고 책임감 있게 일했다. 하지만 그 직장을 떠나오면서 조직의 쓴맛을 제대로 보았다. 딱히 적절한 사유 없이 구조조정으로 인해 3개월 전 해고 통보를 받았다. 지금도 그때를 떠올리면 가슴이 먹먹하다.

사람을 바꾼다는 이유로 어떻게 의논 한마디 없이 통보식으로 내칠 수 있었는지⋯⋯ 서운하고 억울한 감정이 쉽게 가시지 않았다. 퇴사 후 사람이 저절로 걸러졌다. 나와 돈독하다고 생각했던 교사는 연락이 뚝 끊겼다. 잘 지내고 평생 이어질 듯했던 사람들도, 귀한 자산이라고 생각한 직장 동료들도 저절로 멀어졌다. 그들과의 유대관계가 나 혼자만의 착각이었을까? 씁쓸했다.

어른들에게서 '사람이 재산이다.'라는 말을 많이 들었다. 어릴 때는 그 말이 어떤 의미인지 몰랐다. 살면서 가장 어려운 일이 인간관계를 맺는 일임을 사회생활을 통해 배운다. 그렇다면 나는 다른 사람들의 인생에 얼마만큼의 영향을 끼치고 있을까.

아들들이 사춘기를 보낼 무렵, 부모교육 강의를 자주 접했다. <당신 자녀의 정서는 안녕하십니까?>라는 제목이 눈에 띄어 강의를 들은 적이 있다. 유아기에 충분한 정서를 부모가 제공해 주어야 한다는 강의내용이었다. "정서 통장"이라는 키워드가 신선했다. 살다 보면 눈에 보이는 물질이나 돈에 치우쳐질 때가 있다. 보이지 않는 마음이 더 중요한데도 말이다.

아이가 어렸을 때부터 나는 직장생활을 했다. 아이들의 정서는 걱정한 적이 없었다. 할머니와 할아버지 밑에서 듬뿍 사랑받으며 자랐으니 그걸로 충분하다고 여겼다. 하지만 교육을 듣는 내내 아들들이 어른거렸다. 문득 불안한 마음이 앞섰다. 엄마의 부재로 인해 긍정적이고 좋은 감정이 채워지지 못했을 수도 있겠다는 생각이 들었다. 종일 엄마를 찾다가 잠들고, 다음 날 아침이면 엄마 얼굴도 못 보고 할머니 집으로 갈 때가 많았다. 그 어린 마음을 잘 헤아리지 못한 건 아닐까? 머릿속이 복잡했다.

정서는 사람의 마음에 일어나는 여러 가지 감정이나 분위기를 뜻한다. 어른이 되면 자기감정을 조절하는 능력이 생기지만, 어릴 때는 기분에 더 예민하다. 특히 부정적인 감정을 제때 해소하지 않으면 고질적인 성격으로 굳어질 수도 있다. 큰아이는 어릴 적부터 감정을 표현하는 데 거침이 없었다. 항상 자기 기분을 엄마한테 즉각적으로 빠르게 드러냈다. 우는 아이 떡 하나 더 준다는 말이 딱 맞다. 자기의 감정을 알아차리고 표현해 주니 바쁘게 사는 나도 오히려 편했다. 그에 반해 둘째 녀석은 조용한 성격이어서 속내를 알 수가 없었다. 특별히 감정의 기복 없이 묵묵히 잘 지내는 편이었다.

2015년, 서울에서 자취하는 아들에게서 전화가 왔다. 실용음악과 입학을 위해 재수하던 시절이다.

"엄마, 나 의사 선생님이 공황장애래."

"뭐? 공황…장애? 왜?……네가? 왜?"

한동안 말을 잇지 못했다. 그 당시만 해도 '공황장애'라는 병은 일반인들이 자주 접하는 병이 아니었다. 며칠 전부터 심장이 아프다고 했다. 숨이 가쁘고 가슴이 답답하다고 얘기했다. 길을 가다가도 갑자기 심장에 통증이 느껴지면서 찢어질 듯한 고통이 있었다고 말했다. 그 말을 듣고도 그냥 간과했다. 스트레스가 누적되어 그런 줄로만 알았다. 평소에 병원 가는 것을 유난히도 싫어했던 애가 얼마나 아팠으면 자기가 검색해서 병원을 찾았을까. 충격이었다. 괜찮을 거라고 다독이면서 무조건 쉬라고 당부했다. 아무렇지 않은 듯 의연하게 전화를 끊었다. 인터넷을 검색해 보았다. 공황장애는 일종의 질병이었다. 불안에서 오는 다양한 증상이 나열되었다. 처음 들어본 병명이었다. 간혹 연예인들의 이야기가 나올 때도 전혀 관심을 두지 않고 지나쳤었다. 모든 것이 다 내 탓인 것만 같았다. 아이 키우는 일보다 더 중요한 일이 뭐길래 일에 미쳐있었던 나 때문인 것만 같았다. 새삼 후회가 되었다. 공황장애는 감정 상태가 불안할 때, 각종 스트레스가 겹칠 때, 극도의 공포심을 느꼈을 때 가슴이 답답하고 조여오는 통증을 호소하기도 한다고 했다. 아들의 증상과도 흡사했다. 그랬다. 아들은 불안한 20대를 보내고 있었다. 꿈을 이루기 위해 혼자 타지에서 살다 보니 외롭고 두려움이 컸었나 보다. 그 당시 친구들은 전부 군대에 가고 속내를 털어놓을 만한 사람도 없었다.

그렇다고 믿어주는 엄마에게 미안해서 말도 못 하고 혼자 끙끙 앓다 보니 병이 더 커진 거였다. 심리적 요인이 주가 된다고 했다. 새삼 엄마라는 무게가 나를 짓눌렀다.

성인이 되면서 일일이 꺼내놓지 못하는 불편함과 어려움까지는 전혀 생각하지 못했다. 나름 좋은 엄마라고 착각하면서 지냈다. 필요한 것은 다 사줬으니 할 일 다 했다고 생각했다. 어린이집 아이들의 정서는 잘도 들여다보면서 정작 내 자식의 아프고 힘든 마음은 보듬어 주지 못했다.

아이는 엄마가 없으면 불안을 느낀다. 배 속에서부터 엄마와 하나였던 아기가 갑자기 세상에 나오는 과정에서 극도의 불안과 스트레스를 경험하게 된다. 충분히 애착이 형성될 때까지 아이 곁에서 눈 맞추고 좋은 감정을 주고받아야 한다. 성인이 되어서도 자기 안의 긍정적인 감정을 꺼내 쓸 수 있도록 정서 통장관리를 잘해 두어야 한다. 또 중요한 것은 엄마의 정서가 아이에게도 그대로 반영된다는 점이다.

정서는 기분을 결정하는 감정이라고 말할 수 있다. 슬프고 아픈 감정이 꼭 나쁘다고 말할 수는 없다. 아픈 감정이 무르익어 가는 과정에서 더 건강한 정서를 만들어 줄 수 있으니 말이다. 반면에 짜증과 화 또는 분노 같은 부정적인 감정이 쌓이면 늘 불안한 정서가 잠재의식을 지배한다. 위급한 상황이나 결정적인 순간에 좋은 정서는 나 자신을 지켜 줄 수 있다.

부모와 자녀가 과거를 회상할 때 꺼내 쓸 수 있는 좋은 기억들이 많으면 좋겠다. 그러기 위해서는 지금 현재에 집중하고, 긍정적인 기분을 자주 표현하며 살아야겠다.

있는 그대로 인정하기

"이 정도면 충분히 좋은 책이 될 거니까, 걱정하지 말고 투고 합시다."

2021년 8월, 〈자이언트 북 컨설팅〉의 대표 이은대 작가에게서 걸려 온 전화를 받았다. 괜스레 긴장되고 떨렸다. 책 쓰기 초고를 메일로 보낸 지 일주일 만이었다. 퇴고 안내가 있기까지 기다리던 차였다. 3개월 동안 열심히 집필했다. 총 42꼭지를 썼다. 매일 아침 운동을 하면서도, 밥을 먹으면서도, 잠자리에 들기 전에도 머릿속에서는 오로지 '글' 생각뿐이었다. 어떻게든 한 꼭지에 담을 내용을 생각하고 정리했다. 부모님의 이야기, 자녀들의 이야기, 직장생활 이야기, 나의 꿈 이야기…… 글을 쓰면서 억울하고 분했던 과거의 상처부터 내가 나를 지켜 주지 못했던 어리석은 시간들을 과감하게 쏟아내었다. '과연 이런 나의 개인적인 아픔과 살아온 삶의 이야기들이 좋은 책이 될 수 있을까?' 하는 고민도 잠시 했었다. 하지만 어떻게든 한 해가 가기 전에 출간하겠다는 의지를 품고 열심히 썼다.

글쓰기 멘탈이 약했던 나는 네이버의 '글쓰기 사랑 카페'에 초고를 딱 세 번 올리고, 그 후로는 내 멋대로 썼다. 매도 한꺼번에 맞자는 심정이었다. 중간에 글의 흐름을 바꾸거나 수정하면 그대로 주저앉아 책과는 영영 멀어질 것만 같았다. 제목과 목차를 수시로 보고 적확한 사례를 떠올렸다. 어떻게 그렇게 집중할 수 있었을까. 생각해 보면 답답하고 갇혀있던 마음을 꺼내놓고 싶은 간절함 때문이었다.

'엉망진창이라며 다시 쓰라고 하면 어쩌지? 이것도 글이라고 썼냐고 혹시나 다그치면 뭐라고 하지? 괜히 책 쓴다고 호들갑을 떨었나? 더 공부하고 써야 하나?'

전화를 기다리는 일주일이 한 달처럼 느껴졌다. 그런데 이만하면 됐다니, 이게 웬일인가. 잘 썼다는 말로 들렸다. 믿어지지 않았다. 상처받지 않게 하려고 그냥 한 말이 아닐까? 얼떨떨했다. 무엇인가 도전했을 때 인정받았던 것은 처음이었다.

매일 글을 쓰면서도 첫 문장을 어떻게 써야 할지 전혀 감을 잡지 못했다. 독자들이 딱 가져갈 수 있는 메시지를 근사하게 만드는 것은 더더욱 공부가 필요했다. 어쨌든 스승의 칭찬 한마디는 내가 더 열심히 노력할 수 있게 만들어 줬다.

인간의 본능 중 하나가 인정의 욕구다. 인정받기 위해 매일 치열하게 산다. 부모의 사랑과 관심을 받기 위해 안간힘을 쓰고, 학교에서는 선생님의 인정을 목말라하며 산다. 사회에 나와서는 또 어떤가. 직장 상사의 눈에 띌 만한 성과를 내기 위해 부단히 노력한다. 모두 인정의 욕구 때문이 아니겠는가.

엄마의 인정을 오랫동안 갈구했다. 한 번이라도 엄마가 나를 제대로 인정해 주면 좋겠다는 생각으로 학창 시절을 보냈다. 내가 생각하는 인정은 별다른 게 아니었다. 나를 있는 그대로 바라봐 주는 것이었다.

공부도 못했고, 특별한 재능도 없었기에, 딱히 잘했다는 칭찬한 번 못 받고 자랐다. 다 엄마의 욕심이었다. 엄마의 기준에 맞춰 사느라 늘 허덕였다. 내가 살아갈 인생인데, 깊게 고민해 본 적이 없다. 온전히 사랑받고 있다는 느낌이 없었기에 마음이 늘 허전했다. 그렇게 엄마와의 마음의 거리는 점점 멀어졌다.

어른이 되어 다양한 교육을 접하고 가르치면서 엄마를 이해하게 되었지만, 그래도 나의 멈춰진 10대는 돌이킬 수 없었다. 무엇이든 적극적으로 도전해 본 경험이 없으니, 원망하고 자책하기 일쑤였다. 무엇을 잘해서가 아니라 엄마의 딸로 그냥 사랑받는 존재였기를 바랐다.

　강의 준비를 하면서 "안면 피드백 이론"을 접했다. 1960년대 미국의 심리학자 실만 톰키스가 개발한 이론이다. 이 이론의 핵심은 우리의 감정체험이 표정에 영향을 받는다는 것이다. 표정 변화 하나만으로도 얼마든지 내 감정을 내가 선택하고 기분을 조절할 수 있다는 이론이다. 표정이 느낌 체계와 맞물려 있다는 내용을 읽었다. 평소 나의 표정을 떠올렸다. 잘 웃지 않고 늘 심각한 표정이다. 학창 시절 사진을 봐도 활짝 웃는 사진이 거의 없다. 늘 불만에 가득 차 있는 표정이었다. 시험을 망쳤을 때, 뜻이 맞지 않은 직장 동료를 볼 때, 아들들이 말을 듣지 않을 때, 남편이 나에게 무관심할 때…… 기분이 좋을 리 없겠지만, 나는 내 기분을 조절하지 못했다. 내가 나를 바꾸려는 노력은 하지 않고 다른 사람이 나를 어떻게 볼 것인가에만 촉각을 곤두세웠다. 모든 원인은 어린 시절부터 받았던 엄마의 잘못된 교육 방법이라고만 생각하고 피해의식을 잔뜩 안고 살았다. 내가 나의 기분을 먼저 알아주고 인정해주려는 노력은 하지 않으면서 말이다. 표정 하나만으로도 얼마든지 내가 나를 인정하고 나를 가꾸어 나갈 수 있다는 것을 알았지만 실천은 늘 어려웠다.

　매일 글을 쓴다. 일기, 블로그, 필사, 책 쓰기 초고, 강의 시나

리오 등 어떤 형식으로든 글을 쓴다. 작가가 되기 전부터 쓰는 행위는 교육자로 살면서 그대로 내 일상에 스며들었다. 글을 잘 쓴다는 말을 들었을 때 얼떨떨했다. 거짓말이라고 생각했다. 평생 들어보지도 못했고, 기대조차도 하지 않았기 때문이다. 하지만 글이 써지지 않을 때나 글감과 사례가 적확하게 떠오르지 않을 때 나도 모르게 그 칭찬 한마디를 떠올리게 되었다. 처음으로 나를 인정해 준 칭찬이었으니까. 이젠 나도 나를 좀 더 인정해 주려 한다. 내가 글을 못 써서가 아니라, 생각을 집중하지 못한 거라고 나를 다독일 줄도 안다. 누가 뭐래도 나는 작가니까 말이다. 이제야 내가 잘하는 것을 찾았고, 더 잘 해낼 수 있는 꿈을 찾았으니 타인의 칭찬에 더는 목말라하지 않을 것이다. 부족하면 부족한 대로 다시 채우고 수정하면 되지 않겠는가.

오랫동안 착한 아이, 말 없는 아이, 느린 아이였던 나를 인정하지 못했다. 타인의 칭찬에만 목말라했다. 그랬던 내가 인정받았던 계기를 통해 나 자신을 조금씩 사랑할 줄 알게 되었다. 있는 그대로의 모습을 인정한다는 것은 나 자신에게 좀 더 솔직해지는 용기이다.

아직도 타인의 칭찬이 그리운 나다. 그럴 때면 어김없이 책을 읽고 글을 쓴다. 가면을 벗고 진짜 나와 마주하는 시간이다. 연습을 통해 조금씩 내 모습을 그대로 인정해주고 있다. 그러면서 나의 강점도 많이 찾았다. 나를 제대로 볼 수 있어야 타인도 편견 없이 바라볼 수 있음을 배운다.

우리는 꿈 동지

"우와!" 탄성이 절로 나온다. 설거지하다 부엌에 있는 작은 창문으로 무심코 고개를 돌렸다. 나도 모르게 소리를 질렀다. 가로수가 온통 붉은색으로 물들어 있었다. '언제 이렇게 색이 바뀌었지?' 계절의 변화에 감탄했다. 기온이 낮아지면서 내 몸 추운 것만 생각했다. 무수히 드나드는 집 앞인데도 이제야 보다니, 가을 색이 참 곱다. '순간이구나.' 매번 찾아온 가을의 변화가 새삼스럽게 신비하다.

나는 가을을 좋아한다. 누군가는 고독의 계절이라고도 하고, 쓸쓸함의 대명사라고도 한다. 아쉬움과 미련이 남기도 하는 미완성의 계절이라고 생각한다. 한 해를 돌아보는 시간은 어김없이 찾아온다. '나는 얼마나 열심히 살았을까? 새해가 시작되었을 때 다짐하고 계획했던 일들을 얼마나 이뤄 냈을까? 머리로만 생각했던 내 꿈은 얼만큼이나 성장했을까?……' 나에게 질문을 던져 본다.

교육도 붐을 탄다. 일종의 유행처럼 서울이나 다른 지역 강사들이 와서 교재설명회를 하곤 했다. 이미 서울, 경기 쪽에서 뜨겁게 반응이 좋았던 교육프로그램이 늦게서야 번지기 시작했다.

교사로서 열정을 불태우던 시절, 다양한 교육을 접했다. 그날도 어김없이 나는 동료 교사들과 함께 교사교육에 참석했다. 밤아홉 시가 넘어서 끝나는 교육이었다. 좋은 교육이라고 홍보가 되어서 그런지 교육장은 교사들로 가득 찼다. 퇴근하자마자 밥도 못 먹고 쏜살같이 달려갔는데도 앉을 자리가 없었다. 장소가 협소했지만, 열정 가득한 교사들은 아랑곳하지 않고 열심이었다. 접이식 의자를 펴고 겨우 자리를 잡았다. 카드를 빨리 넘기면서 그림이나 단어로 기억력을 증진시키는 뇌 교육이었다. 자기반 아이들에게 하나라도 더 좋은 것을 주고 싶어 다들 집중해서들었다. 강사는 여자였다. 어찌나 또렷하게 말을 잘하는지 지금도 그 모습이 생생하다. 내가 만난 강사 중 최고였다. 뿜어져 나오는 모습이 당당했다. 카리스마 넘치는 파워우먼이었다. 따라하고 싶었다. 나도 저렇게 많은 사람 앞에서 멋지게 말하고 싶다는 생각을 했다. 그날 이후로 강사의 힘찬 말투와 포스는 내 머릿속에 딱 각인이 되었다.

"여러분! 아이들의 뇌가 굳기 전에 시냅스를 많이 연결해 주어야 합니다. 아이들의 뇌, 우리가 책임질 수 있습니다. 할 수 있다? 없다?" 명쾌하면서도 강한 전달력이 귀에 쏙쏙 들렸다.

그때 당시에는 지금처럼 그럴싸한 PPT 화면도 없었다. 오로지 강사의 목소리로만 강의하던 시절이다. 집에 와서 거울 앞에 섰다. 그녀의 모습이 계속 어른거렸다. 매력적인 그녀의 목소리를 흉내 냈다. 자극을 받았다. 앞에 서는 사람이 어떻게 말하는지에 따라 듣는 사람에게도 엄청난 동기부여가 된다는 사실을 느꼈다. 또 듣고 싶었다. 교육내용도 좋았지만, 특히 강사가 수강생들을 끌고 가는 매력에 흠뻑 빠졌다. 잠자리에 들기 전 그 강사의 모습을 연상했다. 그냥 듣기만 했는데, 내가 한 걸음 성장했다는 느낌이 들었다. 나도 저렇게 많은 사람 앞에서 말할 수 있는 무대가 있으면 좋겠다는 생각이 들었다. 꿈이 생긴 것이다. 가슴이 뛰기 시작했다.

따뜻함이 좋은 계절, 아직 온기가 남아 있는 찻잔을 두 손으로 감싸는 느낌이 참 좋다. 내 인생의 계절, 나는 어디쯤 와 있을까. 교육자의 삶을 멈추고 작가와 강사의 길을 걷고 있다. 55세까지 조직 안에서 열심히 직장생활을 하는 것이 목표였다. 예상보다 3년이 앞당겨졌다. 예측할 수 없는 인생이지만, 새로운 삶을 준비하는 시간이 주어져 감사하다. 70대까지 경제활동을 하는 현역으로 남고 싶다고 늘 입버릇처럼 말했다. 그 꿈을 이뤄 나가고 있는 내 모습을 선명하게 붙잡고 여기까지 왔다.

크리스토퍼 리더십 강사를 하면서 다양한 연령층의 수강생들을 만난다. 내가 만난 수강생 중 가장 어린 열여덟 살 고등학생이 있었다. 축구를 좋아해서 초등학교 6학년 때부터 축구를 하다가 발목부상으로 멈추게 되었다고 한다. 다시 공부를 해보려고 하는데 성적은 꼴찌고, 자신감은 많이 떨어져 있어 스스로 리더십 과정을 알아보고 등록했다. 어린 나이에 참 기특했다. 자신의 부족한 점을 회복하고자 노력하는 모습에 강사들은 계속 동기부여해 주고 박수를 보냈다. 10주 동안의 과정을 끝내고 마지막 수료식 때 소감을 이렇게 말했다. "리더십 과정을 배우면서 포기할 뻔했던 나 자신을 회복할 수 있어 고마운 시간이었습니다. 꼴찌였던 성적은 점점 올라 상위권에 진입했습니다. 그리고 저는 강사님들처럼 누군가의 삶을 돕고 이끄는 강사가 되는 꿈이 생겼습니다." 모두가 열렬한 박수를 보냈다. 석 달 동안의 도전을 통해 자신의 꿈을 찾아 부듯하게 맞이하는 수료식이었다.
'능력이 있어서 하는 것이 아니라 하려는 자에게 능력이 생긴다.'라는 말이 있다. 크리스토퍼에서 처음 들은 명언이었다. 어떻게든 하려고 마음먹고 도전하면 방법이 생기고 길이 열린다는 사실을 배웠다. 가르치면서 배운다는 말을 또 실감했다. 달라진 자신의 모습을 통해 꿈을 찾는 수강생을 보니 뿌듯했다. 평소에 영향력을 펼치고 싶다고 입버릇처럼 말한 진짜 내 꿈을 이룬 듯했다.

"엄마, 엄마가 좋아할 만한 노래 드디어 완성됐어! 이번엔 더 심혈을 기울였거든." 들뜬 목소리로 기쁜 소식을 전했다. 아들은 일찌감치 세상이 정해준 길을 마다했다. 자신이 무엇을 원하는지, 어떻게 살고 싶은지 자신만의 방향을 잘 찾아가고 있는 아들을 볼 때마다 자랑스럽다. 내가 매일 글을 쓰는 것처럼, 아들은 매일 음악을 만든다. 가사를 쓰고 그 위에 음을 덧입힌다. 아이디어가 떠오르면 수시로 메모해 놓고 즉흥적으로 창작을 하기도 한다. 평일에는 아르바이트를 하고, 그 외 시간에는 음악을 만드는 데 집중한다. 책 한 권을 집필하는 일이나 앨범 하나를 세상에 선보이는 일은 창작의 고통(?)을 느낀다는 공통점이 있다. 뭔가 계속 새로움을 추구하는 작업의 연속이니까 말이다. 또한, 누가 만드느냐에 따라 글과 음악의 색깔은 완전히 달라진다는 점도 닮았다. 그래서 나와 아들은 서로의 꿈을 더 이해하고 지지해준다. 가슴 뛰는 꿈이 무엇인지 서로가 공감하기에 아들과 나는 꿈 동지가 된 지 오래다.

요즘 학생들에게 꿈을 물으면 대부분 직업을 말한다. 정년이 보장되는 공무원이나 좋은 성적으로 기업에 입사하는 등, 취업에 마음이 급하다. 직업을 찾는 일은 무엇보다 중요하다. 하지만 세상에 펼칠 수 있는 자기만의 영향력을 찾는 일도 그에 못지않게 중요하다고 생각한다. 늦게 찾았지만, 나만의 성을 견고하게 쌓아갈 수 있음을 믿기에, 아들이 정한 길도 무한신뢰를 보내주고 있다. 가끔 아들이 지쳐 있거나 약해졌을 때 "엄마는 50대가 되어서 꿈을 찾았는데 넌 아직 20대잖아. 무슨 걱정이야? 어렵지만 기꺼이 해내려는 의지가 있다면 늘 꿈은 네 편이야. 우리 힘내자!" 하며 등을 토닥거린다.

자녀와 꿈 동지가 되기 위한 첫 번째 방법! 바로 엄마인 내가 꿈을 향한 날갯짓을 하는 것이다.

시간이 답이다

2005년 3월, 나는 하루아침에 교사에서 원장이 되었다. 그저 해보겠다고 용기를 냈을 뿐, 아는 것은 아무것도 없었다. 주변에 물어볼 사람도 없었다. 하나부터 열까지 내 손으로 직접 알아보고 찾아보았다. 회사의 업무 소통 창구였던 시스템도 몰랐다. 전임원장님과 공식적인 인수인계 과정도 전혀 없었다. 오로지 나혼자 전전긍긍했다. 그래서였을까. 누구보다 나는 조급했다. 해야 할 일이 끝도 없이 펼쳐지고 있는 듯했다. 혼자 덩그러니 원에남아 있을 때가 많았다. 넋이 빠진 사람처럼 일에 빠져 허우적거렸다. 어디서부터 어디까지가 내가 해야 할 일인지 갈피를 잡을수 없었다. 그럼에도 나는 무너지지 않은 정신력으로 버텼다. 어린이집의 모든 상황을 하루아침에 바꾸고 싶었다. 물론 혼자만의 생각이었다. 쉴 틈 없이 바빴다. 몸이 아프고 고단한지도 몰랐다. 가장 먼저 출근하고, 가장 늦게 퇴근했다. 하루 열두 시간 이상 머물러 있던 곳은 어린이집이었다. 그만큼 '책임'이라는 단어는 나를 무겁게 짓눌렀다.

교실만 책임지면 되는 위치가 아니었다. 한 기관 전체를 어우르고 판단할 줄 아는 지혜가 필요했다. 해야 할 일을 메모하고 계획했다. 잠자리에 들기 전에도 머릿속에서는 할 일이 빙빙 맴돌았다. 수만 가지 생각으로 복잡했다. 아이들이 부르면 달려가고, 선생님이 불편한 것 같으면 팔 걷어붙이고 도왔다. 점심 준비, 배식도 일일이 가서 부족한 것이 없나 확인했다. 전화벨이 울린다. 회사에서 오는 전화, 학부모의 전화, 정신없이 울려댄다. 내 몸이 두세 개 정도 되었으면 좋겠다고 생각할 정도로 바쁜 하루가 지난다. 아이들이 하교하고 나면 그제야 원장실에 앉아 본격적인 나의 업무를 시작할 수 있었다. 모든 일은 순서가 있고 시간이 지나면서 안정되기 마련인데, 그런 생각도 사치였다. 실수하지 않기 위해 개인적인 일들은 뒤로 미뤘다. 작은 일에도 심장이 벌렁대고, 다 내 잘못인 것만 같은 생각을 버리지 못했다. 어쩌면 당연한 과정이었다. 하지만 상황을 관망할 줄 아는 여유를 가질 수 있었다면 얼마나 좋았을까.

교육자로 살아온 25년, 처음부터 25년을 교육자로 살겠다고 다짐한 적은 한 번도 없었다. 다만, 순간이 쌓이고 경험이 누적되어 살아왔을 뿐이다. 제대로 방법을 알아서 시작한 것은 아니었다. 그냥 하다 보니 방법을 찾게 되고, 그 분야에서 최선을 다했더니 계속 교육자로서의 내공을 쌓아갈 수 있었다.

2021년 4월, 한순간 멈추었다. 일단 쉬어야겠다는 생각이 강렬했다. 엄마처럼 아플까 걱정이 앞섰다. 나를 챙겨야 한다는 생각만 들었다. 그동안 앞만 보고 달린 나에게 건강의 적신호가 켜졌다. 내가 무너지면 직장이 무슨 소용이겠는가. 내가 쓰러지면 살아가는 의미는 어디에서 찾을 것인가.

다시 내가 가야 할 길을 찾으며 읽고 쓰는 삶을 보내는 요즘, 시간이 해결해 준다는 말을 실감하고 있다. 나만 힘들고 아프게 직장생활을 한 듯한 억울한 마음도 시간이 흐르니 점차 이해가되었다. 지나가는 과정이었다. 마음을 내려놓는다는 말의 의미를 알 것 같았다. 이젠 조급해하지 않는다. 쉼을 선택한 후로 옳은 결정인지 한동안 불안하기도 했다. 하지만 나의 선택을 존중했다. 더 나은 삶을 향한 발걸음이라 생각하고 마음의 평정을 찾으려 노력했다. 서둘러야 할 일이 있고, 느긋하게 기다려야 할 일이 있다. 인생의 방향을 정하는 일이 조급함으로 뚝딱 정해질 수는 없으니 말이다.

리더로 지내면서 다른 사람을 이끌어야 한다는 강박관념이 습관처럼 자리했다. 교사와 학부모 또 동료 원장에게 어떻게든 도움을 주기 위해 애썼다. 학부모들에게 반복적으로 했던 말은 "조금만 기다려주세요. 우리 아이 잘하고 있어요."라는 말이었다. 엄마들과 상담하면서 육아에 대한 고충을 들을 때마다 괜찮다고 다 지나가는 과정이라고 안심시켰다. 불안해하고 걱정하는 부모들에게 딱 버티고 있는 '나무'가 되어주고 싶었다. 그렇게 잘 가꾸고 다듬었던 어린이집은 울창한 숲이 되었다. 그 숲을 두고 떠나와야 했던 시간이 야속했다. 젊음을 바쳤다고 당당하게 말할 수 있기에, 더 힘든 시간이었다. 하지만 나를 단련시키기 위한 과정이었음을 이젠 안다.

엄마로 살아온 지 29년, 마냥 아이가 자라는 모습이 신기하기만 하던 초보 엄마였다. 어떻게 아이를 키워야 하는지 전혀 몰랐다. 그냥 하다 보니 엄마의 역할을 차츰 알게 된 것뿐이다. 아이와의 일상을 꾸준히 기록했더라면 얼마나 좋았을까 후회된다. 밤낮이 바뀐 아이를 어르고 달래면서 '엄마'라는 이름을 처음으로 실감했었다. 한 아이의 모든 것을 책임지는 사람이 엄마라는 사실을 알고 나서부터 나는 배웠다. 책을 읽고 강의를 접했다. 그러면서 아이도 내 뜻대로 통제할 수 없는 존재임을 하나씩 깨닫기 시작했다.

"민석아, 엄마한테 서운했거나 속상할 때 있었어?"

"음…… 엄마가 막 서두르면서 '생각 좀 해!' 이렇게 말할 때 좀 속상했었지."

"아, 엄마가 그랬어? 언제? 엄마는 그런 기억 없는데……."

"음, 내가 여섯 살 때였던 것 같아."

얼마 전 둘째 아들 민석이에게 물어보았다. 워낙 내색하지 않고 말수가 없던 아이라 무슨 말을 할지 내심 긴장도 되었다. 다 자란 아이에게 엄마로서 흑역사(?)를 듣는 시간은 늘 부끄럽고 창피하다. 아들은 정확히 기억하고 있었다. 20년 전 그 순간을 말이다. 이래서 자녀에게 무심코 질문을 던져 보는 것도 엄마 공부를 할 수 있는 좋은 방법이다. 알면서도 잘 지켜지지 않는 부분을 나 역시 실수하고 살았다. 교사로서 학부모들에게는 기다려주라고 말하면서도 정작 내 아이에게는 재촉하기에 바빴다. 일하는 엄마라는 이유로 아이에게 서둘러 다그칠 때가 많았으니 말이다. 아이들과 어린 시절 많은 시간을 보내주지 못해 미안했지만, 한편으로는 아이들이 독립적으로 자랄 수 있었다고 위안 삼고 살았다.

무엇을 하든 시간이 쌓여야 한다. 마음만 조급해서는 어떤 일도 이루어 낼 수 없다. 교육자로서도, 엄마로서도 잘 버텨온 시간이다. 이제 또 다른 이름으로 쌓아가야 할 시간이 기다리고 있다.

작가로, 강연가로 살기 위한 나의 선택은 그저 묵묵히 읽고 쓰며 공부하는 시간을 쌓아갈 뿐이다. 내가 선택했던 삶에서 얻은 지혜와 용기가 좋은 영향력을 만들어 갈 수 있다고 믿는다.

부모의 믿음이 자녀의 인생을 결정한다

2015년 12월, 내 생애 처음으로 출판 기념회를 열었다. 시간이 지날수록 더욱 생생하게 떠 오르는 그날의 기억을 잊을 수가 없다. 열심히 살아온 시간을 보상해 준 날이었다. 직장 동료는 물론이고 배움에서 만난 동료 원장들, 함께 공부하며 축하를 건네 준 대학원 동기들, 지켜봐 주고 지지해주었던 가족들…… 모두 한마음으로 응원과 축하를 보내주던 그 시간이 가슴에 새겨졌다.

그중에서도 나의 심장을 뜨겁게 울렸던 큰아들의 축하 무대가 가장 기억에 남는다. 엄마인 나를 위해 직접 가사를 만들어 들려주었다. 진심이 느껴지는 가사 덕분에 엄마로서 열심히 살았음이 뿌듯했다. 나뿐만 아니라 그 자리에 있던 모든 부모의 마음을 뜨겁게 적신 가사를 담아본다.

자신감은 바닥을 치고 더 이상 나를 못 믿고
나아갈 길이 없어서 주저앉아만 있던 나를 일으켜 세워
다시 달릴 수 있게 만들어 준 당신에게 보답할 수 있게
수많은 시련이 날 찾아와도
그대가 날 믿어주니까 포기하지 않을게.

지나간 수많은 미련, 앞으로 더 많은 시련.
하지만 먼저 떠오르는 강인한 그녀의 뒷모습 기억들.
날 짓눌렀던 강박증과 압박감이 나보다 그녀의 어깨를
무겁게 만들었단 걸 난 몰랐어.

자신보다 날 더 아껴준 그대.
무엇과도 바꿀 수 없는 그대.
상상할 수조차 없는 짊어진 삶의 무게
조금만 참아줘 전부 덜어내 줄게.
포기하지 않고 나를 믿어줬어.
스스로 날개를 펼 수 있도록 지켜봐 줬어.

멈춰 서는 모습을 본 적이 없어.
그래서 나 또한 어떤 일이 닥쳐도 멈춰 설 수 없어.
그래 내가 지금 이렇게 노래 부를 수 있는 건

전부 그대가 날 믿어줬기 때문이란 걸 전하고 싶어.

모르고 살았어. 난 지금껏 받았던 사랑이 얼마나 컸는지.

이제야 내 마음을 전해 드리네요, 나의 어머니.

꿈을 향해 달려가는 법을

그것을 이뤄내는 방법을 알려준

어머니께 이 노래를 바칩니다.

노래가 끝나고 나와 아들은 한참을 끌어안고 울었다. 스물하나, 이제 막 사회를 알아갈 시기이다. 아들은 일찌감치 서울에서 자취하며 자기가 원하는 길을 향해 가고 있다. 실용음악을 공부하며 뮤지션이 되겠다는 꿈을 이루기 위해 다양한 음악을 공부하고 시도했다. 자신에게 끝없이 질문하며 꿈을 찾아 나섰지만, 힘든 선택임을 엄마인 내가 모를 리 없었다. 하지만 애써 모른 척하며 격려하고 지지해 주었다. 믿어준 엄마에게 미안하고 죄책감까지 가지며 고민도 했지만, 자신의 선택을 믿어준 고마운 마음을 고스란히 가사에 녹여내고 있었다.

어린 시절부터 큰아들은 총명했다. 말도 잘했고 뭐든 새로운 것에 잘 적응했다. 하나를 가르쳐 주면 스펀지처럼 금세 받아들였다. 행동도 민첩하고 활력이 넘쳤다. 머리가 똑똑한 반면, 오랫동안 책상에 앉아 있지는 못했다. 공부는 엉덩이로 한다는 말을 아들을 보면서 실감했다.

사춘기에 접어들면서 공부에도, 학교에도 흥미를 붙이지 못했다. 그러던 와중에 학교에서 돌아온 아들은 음악 시간에 있었던 일을 호들갑스럽게 이야기했다. "엄마, 나 있잖아, 음악 선생님이 칭찬해 주셨어. 대박이지!" 무작정 대박이라며 흥분한 아이의 표정을 바라보았다. 날아갈 것처럼 신나서 계속 이야기했다.

"자기를 간단히 소개하라고 해서 한 문장으로 나를 소개해 봤어. 랩처럼 말이야." 아들은 음악 노트에 자기를 소개한 문구를 보여주었다. 기억이 가물거린다. 그야말로 독창적이었다. 모두 그냥 말로 자기를 소개하는데, 아들은 리듬을 넣어서 자신을 드러냈다는 점이 특이했다. 그날 이후로 나는 한 번도 아들의 그 들뜬 표정을 잊지 않았다. 아들이 무엇을 선택하든지 기쁘게 할 수 있기를 바라면서 말이다.

아들은 계속 꿈을 향해 달리고 있다. 끊임없는 습작과 연습을 통해 자신의 노래를 직접 작사, 작곡하는 뮤지션으로 성장했다. 음악 사이트에 스무 곡이 넘는 노래를 발매했다. 정답이 없는 예술은 치열한 노력 없이 자신을 알릴 수 없다. 혼자 힘으로 방법을 터득해가면서 흔들림 없이 자신만의 정체성을 찾아가는 아들을 볼 때마다 대견하다. 내가 한 일은 그저 온전히 믿어주는 것이 전부였다. 그 믿음의 씨앗은 주저앉고 싶을 때마다 열매를 맺을 수 있는 원동력이었다고 아들은 늘 말한다.

나를 믿어주는 단 한 사람만 있어도 얼마든지 힘든 세상 잘 헤쳐나갈 수 있다고 믿는다. 이왕이면 끝없이 믿어주고 지지해주는 단 한 사람이 '부모'였으면 좋겠다. 자녀는 부모의 믿음만큼 자란다는 말이 있다. 믿어주는 만큼 아이들은 자신을 믿는 힘이 더 커지기 때문이다. 행복한 인생을 살아갈 수 있도록 부모가 자녀를 전적으로 믿어주어야 한다. 그 뿌리가 깊을수록 자신의 인생을 흔들림 없이 결정하고 나아갈 테니 말이다.

제 4 장

전략적 육아의
개념과 시작

자존감 키우는 말이 먼저다

자존감이라는 단어는 언제 들어도 어렵게 느껴진다. 네이버 어학 사전 검색 결과에 따르면 '자존'이라는 뜻은 두 가지의 해석이 있었다. 첫 번째는 높을 존(尊)을 써서 '스스로 품위를 지키고 자기를 존중하는 마음'이고, 두 번째는 있을 재(在)를 써서 '자기의 존재' 그 자체로 설명해 놓았다. 둘 다 맞는 말이지만, 근본적인 자존의 뜻은 상황에 따라 달라지는 것이 아닌, 나의 존재에 대한 가치를 알고 있는가에 대한 궁극적인 질문을 통해야 하지 않을까. 아무리 힘들고 어려운 상황이 닥쳐도 내가 세상에 존재하는 이유에 대해 의심하지 않는 것! 이 마음이야말로 진짜 자존감이라고 생각한다. 나는 자존감이 높다고 말할 수 있을까?

"자존감이란 자기애에 대한 신뢰에서 온다. 문제를 스스로 해결하고 극복해 본 경험에서 온다. 부모의 과잉보호는 아이가 자신감을 가질 기회를 박탈한다."
- 이무석의《나를 사랑하는 자존감》중에서 -

책을 읽다가 '자기애'라는 단어에 머물렀다. 예전에는 자기애라는 말을 이기적으로 자기만 사랑한다는 뜻으로 받아들였다. 하지만 '신뢰'라는 말을 덧붙여 읽으니 나를 사랑한다는 의미가 이해되었다. 살아가는 데 가장 기본적인 힘이 바로 자기 신뢰니까 말이다. '나'를 모르면 '나'를 믿을 수 없다.

나는 어릴 적부터 무엇이든지 혼자 결정하지 못했다. 문제해결력이 없었다. 그러다 보니 점점 더 소극적이고 나약한 사람이 되었다. 예상치 못한 일이 닥치면 그 일을 해결할 생각보다는 엄마한테 혼이 날까를 더 염려했다. 그런 생각도 잠시, 곧바로 엄마가 다 해결해 줄 거라는 안일한 생각을 하곤 했었다. 독립적으로 생각하고 행동하는 힘이 없었다. '틀려도 좋아, 정답이 아니어도 괜찮아, 뭐 어때? 모를 수도 있는 거지!' 속으로 생각할 때도 있었지만 자신감은 언제나 바닥이었다.

정신 분석가들은 "좋은 부모를 만난 아이들은 자존감이 높다." 라고 입을 모은다. 좋은 부모의 덕목은 다양하겠지만, 아이의 자존감을 높여주는 말을 자주 해주는 부모가 좋은 부모가 아닐까?

자존감이 낮은 아이는 무엇을 하더라도 일단 주저하고 망설인다. 그 이유는 무엇일까? 부모에게서 긍정적인 말을 듣지 못한 이유가 크다. 예를 들어, 아이가 엄마를 도와주려고 접시를 들고 가다가 깨뜨렸다고 가정해 보자. 그럴 때 현명한 엄마라면 "엄마를 도와주려다 실수로 손이 미끄러졌구나!" 이렇게 차분하게 말을 하고 나서 상황을 정리할 것이다. 말에 대해 예민하게 생각하지 않은 엄마라면 아마도 이렇게 말하지 않을까? "넌 왜 시키지도 않은 일을 해서 난리야? 저리 가 있어!"

아이의 감정이 어떻든 상관없이 버럭 화를 내는 부모의 양육 태도는 아이를 주눅 들게 만든다. 아이에게 상처를 줄 생각으로 처음부터 함부로 말하는 부모는 없다. 순간 부모의 감정을 절제하지 못하기 때문에 막 쏟아져 나오는 것일 뿐이다. 잘못된 부모의 언어습관이 아이의 자존감을 망가뜨릴 수 있다. 순간 화를 냈더라도 돌아서서 아이의 눈을 보고 "엄마도 모르게 화를 냈어. 미안해. 그런데 너도 조금만 더 주의해 주면 좋겠어. 알았지?" 이렇게 바로 사과하고 차분히 말해 줄 수 있어야 한다.

아이가 눈치 보게 만드는 말은 생각보다 꽤 많다.

"야! 너는 왜 맨날 그래? 도대체 몇 번째니? 아휴 내가 진짜 못살아!"

"너 때문에 내가 진짜 미치겠다. 너를 믿은 내가 잘못이지."

"대체 넌 누굴 닮았냐! 한심해 정말!"

"제대로 할 줄 아는 게 뭐야 넌! 왜 이렇게 바보 같니!"

"……."

얼마 전, 핸드폰을 수리하려고 서비스 센터에 들른 적이 있다. 엘리베이터에 아이와 엄마가 나란히 탔다. 아이를 압도하는 엄마의 표정에 아이는 주눅 든 표정으로 눈치를 봤다. 그 공간에 있는 내가 괜히 불안할 정도였다. 아니나 다를까, 순서를 기다리면서 아이가 다리를 장난스럽게 움직이니 엄마는 잔소리를 퍼부었다. "조용히 있으라고 했지! 한 번만 더 그러면 너! 가만 안 둬!" 또, 엄마는 아이를 매섭게 노려보면서 입을 다물고 무서운 표정으로 감정을 다 드러냈다. 도무지 이해할 수가 없었다. 아이가 다 큰 어른처럼 가만히 있으면 그게 아이일까? 아이가 크게 소리 지르거나 다른 사람에게 피해를 주는 것도 아닌데, 아이를 마음대로 하려고 하는 부모의 태도를 볼 수 있었다. 속으로 '혹시 학대하는 부모 아닐까?' 하는 생각이 들 정도였다. 더 나아가서 혹시나 계모가 아닐까 의심까지 했다. 아이를 다루는 태도가 폭력적으로까지 느껴져 별별 생각이 다 들었다. 아이의 손을 잡아주고 싶었다.

아이의 자존감은 부모의 자존감에 달려있다. 나의 모든 삶이 대물림된다고 가정해 보자. 대물림은 말 그대로 부모의 선택과는 상관이 없다. 어쩔 수 없이 고스란히 아이가 받아야 한다는 가정이 전제된다. 물질적인 재산도 물려줄 수 있겠지만, 보이지 않는 정신적인 유산은 시간이 한참 지나고 나서야 드러난다. 정신적인 유산이란 삶을 대하는 태도와 자세, 혹은 다른 사람과 더불어 살아가는 모습 등이다.

'건강한 자기애'는 유년 시절의 영향이 크다. 자신이 마땅히 사랑받을 수 있는 존재임을 알게 해주는 것도, 하찮은 존재라고 인식하게 하는 것도 전부 부모의 말 한마디로 결정된다 해도 과언이 아니다. 건강한 자존감도, 부정적이고 늘 자신을 초라하게 대하는 열등감도 대물림될 수 있다. 사랑스럽고 따뜻한 말을 많이 들은 아이가 다른 사람을 위로해 줄 수 있다. '괜찮아, 다시 해보자.'라는 말을 듣고 자란 아이가 용기를 내서 무슨 일이든 도전할 수 있다. '네 마음 충분히 알겠어.'라는 말을 많이 들었던 아이가 다른 사람의 이야기에 충분히 공감해 줄 수 있다.

자신을 사랑할 줄 아는 자존감 높은 아이는 부모의 한마디 말로 결정될 수 있다.

감정 노동 대신 해야 할 것

감정 노동이란 '감정을 숨기고 억누른 채 회사나 조직의 입장에 따라 말투나 표정 등을 연기하며 일하는 것'(네이버 지식백과)이다. 누구나 한 번쯤 감정 노동에 시달려 본 경험이 있을 터다.

우리나라에 대략 740만 명의 감정노동자가 있다고 한다. 주로 서비스업에 종사하는 콜센터 직원, 텔레마케터, 항공기 승무원, 식당 종업원, 백화점 판매원, 은행 창구 직원 등이다. 주로 가까이서 고객을 응대하는 직종에 종사하는 사람들이다. 고객 만족, 고객 감동이라는 마케팅이 자리 잡으면서 신체적, 정신적인 폭력에 시달려 그야말로 감정 노동의 악순환이 계속되는 경우가 많아지고 있다.

긴 시간 교육 현장에서 일했다. 유아교육에 큰 뜻이 있어서라기보다 우연히 만난 기회와 상황들 덕분이었다. 지금 돌이켜 봐도 얻은 것이 훨씬 많다. 다양한 경험이 쌓여 생각이 바뀌면서부터 훨씬 능동적이고 독립적인 사람이 되었다. 일하면서 수많은 사람을 만났다. 모든 직장생활이 그렇듯 나와 맞는 사람도 있고, 전혀 맞지 않는 사람도 있었다. 선생님이 최고라고 해주는 부모도 만났지만, 작은 오해로 어쩌면 그럴 수 있냐는 항변을 쏘아붙이는 사람들도 만났다. 매 순간 진심을 쏟았기에, 그 어떤 상황 속에서도 나는 떳떳할 수 있었다. 하지만 원장이 되고부터는 누구에게 맘 편히 고민을 털어놓을 수가 없었다. '어쩔 수 없지 뭐. 이 또한 다 지나갈 거야!'라고 마음을 다잡을 뿐이었다. 모든 책임이 나에게 있다고 생각했지만, 늘 인내하는 것도 한계가 있었다. 몸의 고단함보다 마음이 짓눌릴 때 훨씬 힘들었다.

나는 평소 거절을 못 하는 성격이다. 내가 해야 할 일이 산더미처럼 쌓여 있는데도 나에게 부탁하면 그것부터 우선 해줘야 마음이 편했다. 내가 모르는 것은 다른 사람에게 물어봐서라도 찾아주고 알려줬다. 이런 내 성격은 직장연합회 총무를 했을 때 정점을 찍었다. 회의 장소나 식사 인원 등 준비사항도 모두가 불편함 없이 꼼꼼하게 다 파악했다. 총무가 하는 역할이 그렇다고는 하지만, 나는 특히나 실수 없이 완벽하게 처리했다. 이런 총무가 있어서 너무 좋다며 계속 맡아달라는 제의도 받았다. 당연히 내가 해야 할 일이라는 책임감은 좋았지만, 하나부터 열까지 다 맞추다 보니 서서히 지쳐갔다.

'내 일은 제쳐두고 이게 뭐 하는 짓인가?' 하는 생각을 하면서도 거절하지 못하고 계속 끌려다녔다. 사람들의 하소연도 끝까지 잘 들었다. 듣고 있으면 부정적인 기운이 몰려와 전화를 끊고 싶을 때가 한두 번이 아니었지만, 끝까지 듣고 위로해 주었다. 누군가 내게 부탁하면 거절하는 법 없이 어떻게든 도움을 주려 애썼다. 내가 다 떠안으려 하는 성격도 한몫했다. 내 감정보다는 상대방의 감정에 민감했다. 어린이집에서도 교사가 서운한 기색을 비치거나 표정이 어두우면 먼저 드는 생각은 '혹시 나 때문에 힘들어하는 걸까?'였다.

나의 두 번째 저서 《슈퍼우먼, 아니어도 괜찮습니다》에도 썼지만, 초보 원장 시절에 학부모 앞에서 무릎을 꿇었던 잊을 수 없는 아픔을 경험했다. 그 사건은 여러 가지 측면에서 생각을 바꾸는 전환점이 되었다. 그때까지만도 내가 감정 노동에 시달리고 있는 사람인지 인지하지 못했다. 타임머신을 타고 과거로 돌아가서 원점으로 되돌려 놓고 싶은 마음이 들 만큼 씁쓸한 경험이었다. 학부모들에게 '죄송해요.'라는 말을 달고 살았다. 돌아서서 '뭐가 죄송하지?' 후회할 때도 많았다. 작은 실수조차 용납하지 않는 성향의 학부모는 사소한 말 하나에도 꼬투리를 잡았다. 교사의 말투와 태도가 논란이 되는 일은 비일비재했다.

감정의 실체는 기분이다. 기분이 어떤지에 따라 감정의 흐름이 결정된다고 생각한다. 여린 성격 탓이었는지는 몰라도 나는 항상 타인의 보이지 않는 감정까지도 유리 다루듯 했다. 인생의 주도권을 내가 아닌, 내 주위의 누군가(남편, 자녀, 교사, 동료 원장……)에게 넘기고 있었던 것은 아니었을까?

내 기분과 감정을 보살피지 않았다. 다른 사람과 원만한 관계를 지속하려면 상대에게 다 맞춰야 한다고만 생각했다. 그 생각에서 벗어나고서야 알았다. 나를 오랫동안 지배했던 것은 다름 아닌 '감정 노동'의 늪이었다는 사실을…….

감정 노동에 시달리지 않으려면 어떻게 해야 할까. 뼈아픈 그 경험을 겪으면서부터 부드럽게 거절하는 방법에 대해 생각해 보았다. 어떻게 하면 상대의 마음을 상하지 않게 하면서도 내 의사를 밝힐 수 있을까? 어떻게 해야 웃으면서 당당하게 소신을 밝힐 수 있을까?

첫째, '긍정선언문 외치기'이다. 긍정선언문은 작성하기 나름이겠지만, 나는 교육에서 들었던 한 문장을 외친다. 뭔가 대단한 나만의 무기를 장착하는 듯해서 자주 사용한다. "이 세상에 단 하나뿐인 나 김한송은 무엇이든 당당하게 할 수 있다! 할 수 있다! 할 수 있다!" 실제 교사들과 부모들의 교육에도 자주 활용한다. 무엇이든 할 수 있다는 마음으로 외치고 나면 적극적이면서도 나를 함부로 낮추지 않는 마음이 생긴다. 힘들다고 주저앉아 다른 사람 성격 탓만 하고 있을 수는 없다. 내가 나를 단련시켜야 한다.

둘째, '쿠션 언어'로 표현하는 습관을 갖는 것이다. 침대나 쿠션이 있으면 넘어지거나 부딪혀도 충격이 덜하듯, 말할 때도 단도직입적으로 하지 않고 긍정적인 쿠션 언어를 사용하는 것이다. 예를 들어, 퇴근 시간이 다 되어 가려고 하는데 붙잡는 상사가 있다면 "죄송하지만, 선약이 있어 오늘은 일찍 가봐야 할 것 같습니다." 이렇게 말하는 것이다. 학부모가 막무가내 화를 내는 상황이라면 "죄송하지만, 흥분을 가라앉히고 차분히 말씀해 주시겠어요?"라고 말이다. '죄송하지만, 미안한데요, 바쁘신 줄 알지만' 등의 말을 붙이면 상대를 존중하면서도 부드러운 대화로 연결될 가능성이 높다. 물론 쿠션 언어를 사용하는 것도 연습과 용기가 필요하다.

셋째, '짧고 단호하게!' 말하는 연습이다. 감정이 불안한 사람들을 대할 때 내 심장도 계속 불안하다는 신호를 보낸다. 그럴 때는 최대한 그 상황에서 빨리 벗어나야 한다. 그리고 상대가 더 이상 내게 무리한 부탁을 하지 않도록 짧고 단호하게 "이번에는 부탁을 들어드리기 어렵겠습니다." 하고 말하는 것이다.

인간의 마음을 알기 위해서는 본성과 감성을 깔보지 말아야한다는 《연탄길》의 저자 이철환 작가의 말이 떠오른다. 누구나자신의 감정은 소중하다. 편하고 친한 관계라고 해서 그 사람의감정까지 지배하려고 하는 사람들을 볼 때 안타깝다. 내 감정이소중한 만큼 타인의 감정도 존중해야 한다. 감정 노동을 겪는 사람들의 특정 부류가 정해진 것은 아니다. 부모가 자녀를 대할 때,친한 지인과 대화할 때, 부부가 서로를 마주할 때…… 수많은 상황을 경험하며 나와 타인을 공부해야 한다. 감정은 생각을 지배한다. 내 마음과는 다르게 오해를 받기도 하고, 상대의 마음을 섣불리 판단해 멀어지는 경우도 생기니 말이다.

감정노동자가 되지 않기 위해 또 하나 필요한 것은 "선택"이다. 누군가에게 나의 감정을 표현하는 것도 선택할 수 있다는 뜻이다. 감정 노동 대신, 해야 할 일은 오늘의 내 기분을 먼저 살피는 일이다.

엄마 먼저 공부합니다

"엄마, 나 학원 그만둘래!"

1학기 기말고사가 끝나고 얼마 되지 않았을 때 학원에 다녀온 큰아들이 가방을 툭 내려놓으며 심통을 부렸다. 또 무슨 일이 있었던 걸까. 목소리나 표정으로 봐서 괜히 하는 말 같지는 않았다.

"고등학생도 못 푸는 문제를 자꾸 나한테 풀라고 하잖아!"

문제가 좀 어려웠나 보다. 이왕이면 수준에 맞는 문제를 제시하면 좋을 텐데, 그래도 학원 나름의 방식이 있지 않을까 짐작해 본다.

"툭하면 욕이야! 깡패도 아니고!"

'학원장이 욕설까지? 재미나 강조를 위해 그냥 한 소리 아닐까.' 슬슬 걱정되기 시작한다.

집 앞 가까운 상가 2층에 있는 영수 학원을 보냈다. 원장님이 서울 명문대를 졸업하고 잘 가르친다는 소문을 듣고 아이와 함께 가서 등록했었다. 집도 가깝고, 매일 가서 공부할 수도 있고, 일단 소수 인원만 집중적으로 가르친다는 점이 마음에 들었다. 원장님은 자부심이 대단했다. 공부에 대한 한도 많은 듯 보였다. 운이 안 좋아 도전하지 못했던 SKY 대학(서울대, 고려대, 연세대)을 제자들만큼은 꼭 보내겠다는 의지로 똘똘 뭉친 선생님이었다. 가르치는 사람으로서 의욕이 넘쳤다. 큰애의 눈빛이 마음에 든다며 잘 키워보고 싶다고 했다. 나도 어쩔 수 없는 팔랑귀 엄마였는지 선생님에게 신뢰가 갔다. 내가 가르칠 수 없는 공부, 전문가에게 맡기면 다 된다고 생각했다.

또래 친구들보다 몸과 마음의 성장 속도가 빨랐다. IQ가 높고 한번 말을 하면 척척 알아들었다. 암기력도 뛰어나고 학습에 대한 욕구도 강했다. 수업이 끝나면 선생님은 전화로 상담을 해주셨다. 아이에게 욕심이 난다며, 하나를 알려주면 그 이상을 알고 똑똑하다며 칭찬했다. 엄마로서 기분이 좋았다. 하지만 아들의 성향을 잘 알기에 너무 다그치면 어쩌나 염려되기도 했다. 아무리 공부에 관심이 없는 엄마라도 자식이 공부를 잘한다고 하면 어깨가 으쓱해지기 마련이다. 가끔 학원에 가기 싫어하는 날 빼고는 그럭저럭 잘 다니고 있었다. 그런데 시험 기간마다 주말에도 보충 수업을 하고 학원에서 공부하게 했다. 하지만 아들은 한창 친구들과 어울려 놀고 싶은 중학교에 막 입학한 어린애였다.

누구보다 공부 스트레스가 많았던 나였기에 강요하고 싶지는 않았다. 그래도 선생님이 애써 아이에게 심혈을 기울이는 것 같아 힘들어할 때마다 토닥거리면서 달랬다. 아들 나름대로 참고, 참고 또 참다가 울분이 터져 버린 것이다.

초등학교 때까지 엄마한테 한글과 수학을 배웠던 나였다. 그래서 나는 내가 직접 가르치지 않겠다고 다짐했었다. 아무리 가르치는 능력이 뛰어나다 하더라도 자식 교육에 있어서만큼은 욕심이 나는 게 부모의 마음이기 때문이다. 그래서 큰맘 먹고 학원을 보냈는데 1년을 채우지 못하고 멈춰버렸다. 즐겁게 공부하는 방법을 알려줬더라면 좋았을 텐데, 오히려 공부와 멀어지게 만들어 버린 결과였다. 그 후로는 아들이 스스로 학원을 선택할 수 있도록 기다려줬다. 물론 성적이 오를 거라는 기대를 하지 않은 채 말이다.

"엄마, 내가 봤을 땐 엄마는 24시간 유형이야."

책을 읽고 있는 나에게 둘째 녀석이 뜬금없이 말을 건넨다. 취업을 준비하고 있는 아들은 NCS(국가 직무 능력표준) 공부 중이다. 그중 시간 관리에 대한 문제가 나왔다며 알려주었다. 업무능력의 효율화에 대한 시간 개념을 정리해 놓은 문제였다. 총 네 유형으로 24시간, 16시간, 8시간, 0시간 유형이 있었다.

먼저 '24시간 유형'은 빈틈없는 시간 계획을 통해 비전과 목표를 행동으로 실천하는 시간 창조형이었다. 그다음 '16시간 유형'은 8시간 일하고, 8시간은 효율적으로 시간을 보내며 나머지는 잠자는 시간으로 활용하는 시간 절약형이었다. '8시간 유형'은 8시간 일하고 16시간을 제대로 활용하지 못하고 바쁜 척만 하는 시간 소비형이다. 끝으로 '0시간 유형'은 최악이었다. 시간관념 없이 자신의 시간은 물론 남의 시간마저 죽이는 시간 파괴형이다.

아들의 설명을 들으면서 시간 개념에 대해 다시 한번 생각해볼 수 있었다. 매일 글을 쓰고, 강의 준비하고, 종일 컴퓨터 앞에 앉아 있는 내 모습이 아들의 눈에 멋지게 보였다는 생각에 기분 좋았다.

어떤 부모라도 스스로 공부하는 자녀를 보면 흐뭇할 것이다. 나도 아이에게 거는 기대가 적지는 않았다. 뭐든 앞서가면 좋겠고, 인정받고 잘하는 아이가 되길 바랐다. 하지만 진짜 중요한 것이 무엇인지 내 모습을 보면서 알게 되었다. 좀 늦었지만 꿈을 찾아 열심히 공부하고 깨어 있다면 아이들에게도 좋은 영향을 끼칠 수 있을 거라 확신했다. 엄마인 내가 중심이 잡히니 자녀의 공부에 대해서는 크게 염려하지 않게 되었다. 공부 잘해서 좋은 대학, 그럴싸한 직장에 가면 좋겠다는 생각을 빨리 버릴 수 있었다. 그런 바람은 부모의 행복이고 만족일 뿐이라는 생각이 들었다. 하고 싶지 않은 일을 억지로 시키고 싶지는 않았다. 내가 엄마에게서 받은 스파르타식 교육 때문에 워낙 힘든 시간을 보냈기에 아이들의 생각을 최대한 존중해 주려고 노력했다. 할 수만 있다면 다양한 경험을 해보길 바랐다. 학원을 보내는 대신 책을 읽게 했고, 친구랑 신나게 노는 시간을 최대한 허락해 줬다. 자식들이 공부 잘한다는 주변 소리를 들으면 잠시 흔들리기도 했지만, 공부 때문에 스트레스를 주지 않겠다는 다짐은 변함없었다.

자녀는 부모의 모습을 보고 자란다는 말을 책과 강의에서 반복적으로 듣고 실천에 옮겼다. '책 읽어라!' '공부해라!' 등의 잔소리를 하지 않고 내가 먼저 공부하고 변화하는 모습을 보여주었다. 내가 열심히 하루를 사는 모습이 쌓여 저절로 아이에게 스며든다는 믿음을 가지게 되었다. 그때부터 더 공부하고 성장하는 엄마가 되기로 마음먹었다.

공부만 해서 성공하는 시대는 지났다. 적성을 찾고 원하는 방향을 향해 꿈을 찾을 수 있는 시대다. 그럼에도 여전히 부모가 못 이뤘던 꿈을 자녀가 대신 이루어 주기를 바라는 부모들이 많은 듯해서 안타깝다. 자녀에게 엄마는 세상의 중심이고, 우주보다 더 큰 존재다. 그런 '엄마'가 몰두하고 즐거움을 느끼는 분위기는 자녀에게 그대로 투영된다. 공부하는 엄마 자신의 성장뿐 아니라 가족들의 자랑이 될 것이 분명하다. 엄마의 공부하는 모습은 자녀들이 꿈을 찾게 만드는 원동력이 된다.

성공하는 자녀를 만드는 부모의 양육 태도

얼마 전 심각한 교권 침해 뉴스를 접했다. 학생이 교사가 수업하고 있는 단상에 누워 스마트폰을 보면서 교사를 조롱하고 있는 모습이 적나라하게 보도되었다. 청소년들의 문제행동에 대한 안타까운 사건 사고가 끊이지 않고 있다. 더 큰 문제는 교육활동에 지장을 주는 과도한 언행(수업 방해, 욕설, 고성, 촬영 등)이 급격히 늘어나고 있다는 사실이다. 교사가 지도할 수 있는 환경이나 분위기에 한계가 있다는 것이다. 교사의 인권은 물론이고 다른 학생들의 학습 침해 정도가 심각한 학교 현실이다. 이런 문제점이 갈수록 깊어지는 요인은 다양하겠지만, 기본적으로 가정에서 부모의 훈육 방법에 문제가 있지 않을까 짚어 볼 필요가 있다.

청찬을 받으면 아이나 어른이나 다 좋아한다. 왜 그럴까? 인정받는 기분이 들면 어떤 일이든지 의욕이 생기기 때문이다. 부모나 선생님의 칭찬은 일상의 활력소가 된다. 그 기분 좋은 감정은 어른이 되어서도 마찬가지다. 칭찬을 받으면 내가 더 괜찮은 사람이 된 기분이 드니까 말이다.

나는 칭찬에 인색한 엄마 밑에서 자랐다. 칭찬을 받아본 기억이 별로 없다. 엄마는 늘 근엄했다. 무섭고 권위적인 태도로 자녀들을 가르쳤다. 그래서 늘 긴장의 연속이었다. 공부를 잘하지도 못했고, 엄마가 하는 말을 빨리 알아듣지 못해서 꾸지람을 들었던 기억만 있다. 이모들이나 엄마 친구들에게 '엄마 말 잘 듣는 착한 아이'라는 말을 자주 들었다. 그 말이 칭찬인 줄 알고 더 착하게 굴었다. 어른이 되어보니 착하다는 말이 꼭 칭찬이 아니라는 사실을 알았다. 왜냐하면, 착하다는 말은 딱히 개성도 없고, 주관도 없이 산다는 의미로 해석하는 경우가 많았기 때문이다.

부모교육을 공부하면서 세계 훌륭한 리더들의 뒤에는 부모의 남다른 자녀교육이 뒷받침했다는 사실을 알 수 있었다. 부모의 양육 태도는 크게 네 가지로 구분할 수 있다. 애정과 통제의 높고 낮음에 따라 나뉜다. 먼저 가장 이상적인 양육 태도라고 할 수 있는 '권위적 부모'다. 자녀가 원하는 것은 적극적으로 수용하고 많은 대화를 나누는 것이 특징이다. 또한, 해야 할 것과 하지 말아야 할 것들에 대해 명확하게 알려주고 규칙을 세운다. 부모의 권위뿐만 아니라 자녀에 대해서도 적절한 권위를 주장하는 부모다. 잘못했을 때 체벌과 제재 역시 자녀와의 합의를 통해서 이루어지므로 자녀 스스로 책임질 수 있도록 가르친다. 두 번째로는 '권위주의적 부모'다. 자녀를 엄격하게만 키우는 경우가 해당된다. 부모가 일방적으로 정한 규칙을 무조건 따르도록 하는 양육 태도라서, 이런 부모 밑에서 자란 아이는 상대에게 의존적이고 부모에게 복종하기도 하지만, 반항심이 일어나기도 한다. 성인이 되어서 대인관계에서 어려움을 겪기 쉽다. 세 번째로는 '허용적인 부모'다. 말 그대로 지나치게 허용적인 경우다. 사랑한다는 이유로 자녀의 행동을 통제하지 않는 유형이다. 규칙과 질서를 무시한 채 자란 아이는 당연히 자기중심적으로 자란다. 마지막으로 '무관심한 부모'다. 자녀에 대한 애정과 통제가 전혀 없는 냉담한 부모라고 볼 수 있다. 자녀에게 방관자 역할을 함으로써 자녀의 독립심과 통제력은 심어지지 않는다.

앞서 말한 바와 같이 가장 위대한 부모는 단연코 '권위적 부모'다. 부모와 자녀 모두 권위를 지킬 수 있고 자녀의 의견을 충분히 공감하면서 부모와 소통할 수 있도록 한다. 권위적 부모의 핵심은 높은 애정과 통제의 기준이 부모 자신이 아닌 자녀의 입장이라는 것이다. 다시 말해 자녀의 기준을 먼저 생각하고 자신의 인생을 스스로 책임질 수 있도록 지켜봐 준다는 것이다. 또한,

그러한 태도를 일관적으로 유지한다는 점이 특징이다.

20세기 최고 경영자, 경영 리더십의 거장 등 많은 수식어로 유명한 '잭 웰치'는 자신의 인생에 어머니를 배놓을 수 없다고 말한다. 특히 자신감과 경영 리더십은 어머니에게서 많은 영향을 받았다고 한다. 어린 시절 말을 더듬었던 잭 웰치에게 어머니가 했던 말은 유명한 일화가 되었다. "얘야, 그건 네가 너무나 똑똑하기 때문이야. 어느 누구의 혀도 네 똑똑한 머리를 따라갈 수는 없을 거야." 어머니의 이 한마디가 말을 더듬는 자신의 모습에 더 이상 위축되지 않았다고 한다. 그만큼 부모의 믿어주는 한마디 말이 자녀에게 주는 영향력은 크다.

책을 읽고 공부를 하면서 내가 받은 엄마의 양육 태도에 대해 또 생각해 볼 수 있었다. 우리 엄마의 양육 태도는 두 번째 유형인 '권위주의적 부모'였다. 항상 엄했고, 자녀에게 일방적으로 강한 통제력을 발휘하는 엄마였다. 엄마가 세운 기준과 원칙이 일방적이라서 어느새 불만과 반항심이 마음속에 자라고 있었다. 엄마와의 소통이 극히 부족했던 탓이다. 작은 일도 나에겐 의사결정권이 없었다. 모두 엄마의 통제 아래 결정되었다. 그러다 보니 학교에서, 사회에서 나의 의사를 또렷하게 밝히는 데 어려움을 겪었고, 표현을 잘하지 못해 대화하고 소통하는데 답답함을 느꼈다.

그렇다면 나는 부모로서 어떤 유형에 해당될까. 엄마와는 다른 태도로 내 아이를 키워야겠다는 다짐만 했다. 때로는 허용적이었고, 때로는 지나치게 엄격했다. 좋은 엄마가 되기 위해 노력했지만, 냉정하게 말하면 자녀교육에 대한 중심 없이 갈팡질팡 흔들리는 엄마였다.

많은 교육과 공부를 통해 자녀를 어떻게 가르쳐야 하는지를 생각했다. 그럴 때마다 나의 유년 시절을 떠올렸다. 엄마를 이해하려고 노력했고, 좀 더 지혜로운 엄마가 되기 위한 시간을 가졌다. 이렇게나마 살아갈 수 있는 것도 부모의 영향 덕분이겠지만, 좀 더 주도적인 인생을 살아갈 수 있도록 엄마와 소통하는 시간을 많이 가졌더라면 하는 아쉬움이 크다.

앞 장에서도 말한 바와 같이 부모의 믿음은 자녀의 인생을 송두리째 결정지을 수 있는 도구다. 믿어주고 지켜봐 주는 것만으로 자녀 스스로 자기의 길을 찾아갈 수 있다. 모든 부모는 자녀의 성공을 바란다. 하지만 부모가 원하는 삶을 강요하는 경우가 많다. 자녀가 만족할 수 있는 삶을 위해 지지해주어야 한다. 남들에게 보여주기 위한 삶을 살지 않고 자기 자신에게 떳떳한 삶을 선택할 수 있도록 격려해 줘야 한다.

'부모'라는 이름은 무겁고 어렵다. 하지만 부모만큼 자녀를 위해 관심과 애정을 줄 사람이 또 있을까. 자녀가 어떤 모습으로

살아가고 싶은지 대화하고 끊임없이 소통하다 보면 스스로 책임
지는 인생을 살 수 있을 것이라 확신한다.

사과하는 모습 보여주기

"선생님! 내 딱지를 동민이가 자기 거라고 막 우겨요!" 우석이는 잔뜩 화가 난 채로 씩씩거리며 내게 왔다. '이 녀석들 또 시작하는군!' 점심시간이 다 끝나갈 무렵, 반 아이들과 협동 작품을 준비하고 있었다. 아이들을 가르치다 보면 늘 생기는 일이다. 그럴 때마다 교사는 중재자 역할을 잘해야 한다.

"아니, 그게 아니라 우석이가 가지라고 했다고요!" 목에 핏대를 세우며 억울하다는 듯 동민이도 지지 않고 말한다. 일곱 살 아이들에게서 흔히 일어나는 일이다. 자기 것에 대한 개념이 명확하게 서지 않은 아이도 있고, 놀다가 친구랑 틀어져서 금세 마음을 바꾸기도 한다.

조금 전까지 서로 없이는 못 살 것처럼 친하게 지내던 두 아이는 입을 삐죽거리며 서 있다. 나는 두 아이를 불러놓고 똑같이 말할 기회를 준다. 끝까지 듣고 지혜로운 솔로몬이 되어야 한다. 누가 원인을 제공했는지, 왜 이렇게 다투게 되었는지, 한쪽 편을 들어서는 절대 안 된다. 다른 아이들도 있으니 마냥 이 사건(?)에 대해 시간을 끌 수는 없다. 이런 말다툼일 경우에는 둘 다 잘못이라고 판결(?)을 내린다. 아이들은 순수하다. 그래도 선생님이 하는 말은 듣는다. "먼저 미안하다고 사과할 수 있는 친구가 멋진 친구라는 거 알지?" 눈을 보며 서로에게 미안하다고 꼭 큰 소리로 말하게 한다. 짧은 포옹 후 언제 그랬냐는 듯 웃으며 들어가는 아이들을 보면서 큰 숨 한번 내쉬고 나도 따라 웃는다.

세 글자로 표현할 수 있는 말은 많다. '사랑해, 고마워, 괜찮아, 미안해……' 그중에 제일 어렵게 느껴지는 말은 바로 '미안해'이다. 미안하다는 말은 다른 말보다 쉽게 나오지 않는다. 왠지 졌다고 인정하는 것 같아 입에서 떨어지지 않는다. 내 실수를 바르게 인정하면 되는데, 자존심 때문에 타이밍을 놓치는 경우가 많기 때문이다.

학창 시절, 유난히 사과하는 것에 예민한 친구가 있었다. 크든 작든 사과를 꼭 받아야 넘어갔다. 예를 들어, 복도에서 뛰다가 실수로 어깨를 툭 치고 그냥 지나가면 "야! 너 왜 사과 안 해!" 하고 말했다. 모르고 그랬다고 해도 소용없었다. 대충 '앗 미안'하고 넘어가도 성의가 없다면서 화를 냈다. 어떻게든 사과를 받아야 직성이 풀렸다. 그 친구를 보면서 '쟤는 왜 저렇게 까다로워? 그냥 넘어가지 좀!' 속으로 너무 예민하다고 생각했다. 그 사과가 뭐길래 꼭 저렇게까지 매번 미안하다는 말을 들어야 하나 싶은 생각이 들었다. 어른이 되고 사회생활을 하면서 잘못을 바로 인정하는 태도가 얼마나 중요한지에 대해 알게 되었다. 결정적으로 사과하는 법을 제대로 알게 된 것은 결혼 후 아이의 말을 통해서였다.

큰아들이 초등학교 1학년 때의 일이다. 그때 당시(2001년)는 찜질방이 한창 많이 생겨날 즈음이었다. 가족끼리 찜질방에서 하룻밤을 자기도 하고, 식사도 해결할 수 있는 가족문화로 자리 잡을 때였다. 두 아들은 아빠를 따라 사우나실로 갔다. 시간을 정한 후 나는 세 남자를 찜질방에서 다시 만났다. 아들들은 무척 그 시간을 좋아했다. 거기 안에서 게임도 할 수 있고, 넓은 거실에서 마음껏 TV도 볼 수 있었으니 아이들에겐 더없는 천국이었다. 시원한 식혜와 찐 달걀을 먹는 것은 덤으로 얻은 재미였다.

그날은 찜질방에서 만나 먼저 저녁을 먹으러 식당에 갔다. 메뉴가 다양해서 뭘 먹을지 고민하다 남편에게 그냥 알아서 시키라고 말하고 피곤해서 멍하니 앉아 있었다. 그런데 갑자기 남편은 나를 보고 버럭 화를 냈다. "당신은 왜 맨날 나한테 미뤄? 아니 딱 정하면 좋잖아!" 순간 너무 당황해서 말이 나오지 않았다.

아들들 앞에서 뭐 그렇게 화낼 일인가. 미간에 온갖 짜증이 그려 졌다. 어린 아들들이 있으니 그냥 꾹 참았다. 남편의 짜증스러운 그 말 한마디가 계속 신경을 곤두서게 했다. 주문한 메뉴가 나왔 지만, 먹고 싶지도 않았다. 젓가락으로 한 입 넣고는 체할 것 같 아 내려놓았다. 아이들에게는 화장실에 다녀온다는 말을 남긴 채 나왔다. 애들 보는 앞에서 싸우는 모습을 보이고 싶지 않았다. 찜질 온도가 높지 않은 방을 찾아 누웠다. '나도 똑같이 한마디 쏘아붙일걸……' 혼자 속으로만 끙끙 앓고 한참 동안 그렇게 누워 있었다. 눈치 빠른 큰아들이 나를 찾아왔다. "엄마, 배 안 고파? 엄마, 속상했지……" 계속 말을 걸면서 내 기분을 살폈다. 그다음 은 막내 녀석이 온다. '아 정말, 이게 뭐 하는 짓이람. 애들 앞에서 창피하네!' 가급적 아이들 앞에서 화를 내지 않으려고 했는데, 차 라리 화를 낸 게 더 나을 뻔했다. 마음을 추스르고 시간이 조금 흐른 뒤 찜질을 마무리하고 아무렇지 않은 듯 차에 올랐다.

"아깐 내가 미안했어. 기분 풀어." 서툴지만 결혼 후 처음 받 아보는 사과였다. 그러고서는 계속 말을 이어갔다. "형태가 뭐라 는 줄 알아? 아빠가 사과하지 않으면 엄마가 이혼하자고 할 수 있으니 꼭 사과해야 한다는 거야." 그 말에 빵 터져 우리 부부는 소리 내어 웃었다. 순식간에 어색하고 불편한 감정이 사라졌다. 엄마 아빠를 어떻게 화해시킬지 오가며 눈치작전을 펼쳤나 보 다. 뒷좌석에 타 있는 아들들을 바라봤다. 큰아들은 씩 웃으면서 나를 보고 살짝 윙크했다. 그 모습이 어찌나 귀엽고 사랑스럽던지, 지금도 잊혀지지 않는다. 아들 덕분에 억지스럽지만, 남편에게 '사과'라는 것을 받아본 날이었다.

아이들 앞에서 다투는 모습을 자주 보이는 것은 옳지 않은 일이다. 그렇다고 불편한 감정을 꾹꾹 누르는 것도 좋지 않은 방법임을 알았다. 부모의 감정이 격해지면 표정과 말투, 행동에서 아이들은 불안을 느낀다. 아이 보는 데서는 찬물도 못 마신다는 속담이 괜히 있었겠는가. 뭐든 보는 대로 배운다는 말이다. 그 일을 계기로 남편은 아이 앞에서 말을 할 때는 더 조심했다. 성격이 급하고 행동이 빠른 남편이 아이의 말 한마디로 달라질 수 있다니, 신기한 경험이기도 했다.

자녀 앞에서는 '~척'할 줄 알아야 한다. 가끔은 연기파 배우가 되기도 해야 한다. 예민하고 눈치 빠른 아이들은 "엄마 아빠, 지금 싸워?" 이렇게 말하기도 한다. 그럴 때는 "아니야, 친구들이랑 의견이 다를 때가 있잖아. 엄마 아빠도 지금 각자의 이야기를 하는 중이야." 말로 설명해 주어야 한다. 있는 그대로 감정을 날 세워 드러내면 아이는 부정적인 감정을 고스란히 느끼고 보고 배운다. 아이에게 마냥 좋은 모습만 보일 수는 없다. 하지만 부부가 최대한 감정을 조절하고 긍정적인 모습을 보이려 노력하면 좋겠다. 아이가 엄마 아빠 사이에서 눈치 보게 해서는 안 된다.

보여주는 교육은 거창한 것이 아니다. 부모가 내뱉는 말과 사소한 표정 하나까지도 의식적인 훈련을 할 수 있다면 그것이 살아있는 교육이 된다. 실수를 인정하는 모습도 아이들이 부모에게서 배우는 삶의 태도이다.

아이의 강점은 부모의 관심에서부터

얼마 전, 부산에 다녀왔다. 부산은 친동생 같은 나윤이 덕분에 친근한 도시가 되었다. 바로 가는 기차가 없어서 꼬박 세 시간이 넘게 고속버스로 이동해야 하지만, 멀게 느껴지지 않는다. 자주 갈 때는 1년에 두 번 이상 갔었다. 오랜만에 찾은 부산, 1년 8개월 만이다. 전시회를 한다는 말에 축하해 주고 싶어 한걸음에 달려갔다.

나윤이는 워낙 손재주가 많다. 손으로 하는 것은 다 잘한다. 십자수나 손뜨개질은 기본이고, 인형 만들기부터 가죽공예 등 뭐든 조금만 배우면 뚝딱 만들어 낸다. 특히 봉제 인형을 만들 때의 정성이란 감히 상상조차 어렵다. 이 정도 수준이라면 취미를 넘어섰다. 내가 볼 땐 전문가다. 집에 인형만 100개 가까이 있다. 다양한 표정을 직접 그리면 그야말로 살아있는 인형이 되는 것 같다. 그뿐 아니다. 인형의 옷도 직접 재봉질해서 만들어 입히면 너무나 멋진 수제인형이 된다. 취미가 직업이 된다는 말은 나윤이한테 딱 맞는 말이다. 나는 늘 예쁜 공방을 차리면 먹고살 수 있으니 좋겠다고 너스레를 떨곤 했다.

동생의 새로운 취미는 그림 그리기였다. 그림 그리는 재료비도 다 고가였다. 일종의 그림을 좋아하는 사람들의 수준 높은 고급취미라고나 할까? '어반 스케치'라는 동호회 회원들이 자체적으로 주최하는 전시회였다. '어반'이라는 말이 생소했다. 어반은 도시, 도심을 뜻한다고 한다. 일상의 풍경(거리, 카페, 실내 및 실외 풍경 등)을 다양한 스케치 도구(연필, 펜 등)로 그린 그림을 어반 스케치라고 불렀다. 처음 알았다. 워낙 다양한 취미활동을 즐기는 동생이라 듣기만 해도 신기했다. 전시회에 직접 가보니 더 놀라웠다. 펜으로 스케치한 밑그림 위에 파스텔톤의 수채화 물감을 덧입혀 완성된 그림은 이국적이면서도 아름다웠다. 유럽의 도시 한복판에 와 있는 듯한 착각마저 들었다.

그림 잘 그리는 사람은 선망의 대상이었다. 그림을 못 그리는 나로서는 당연했다. 타고난 능력이 없음에 스트레스도 많이 받았다. 그도 그럴 것이 아빠는 고등학교 미술 교사이자 화가였다. 선생님들은 아빠가 무슨 과목을 가르치는지 예외 없이 물어보셨고, 그때마다 내게 던지는 질문은 한결같았다. "한송이, 너도 그림 잘 그리겠구나! 기대되는데?" 대체 뭘 기대한다는 건지, 새 학기가 될 때마다 아빠 직업란을 바꿔쓸까를 고민할 정도였다.

학창 시절에 가장 즐거운 시간은 음악 시간이었다. 반면 미술 시간은 지옥이었다. 괜스레 아빠를 원망하기도 했었다. 타고난 재능이 없으면 기본적인 그리기라도 가르쳐 주셨다면⋯⋯아무튼 오십이 넘은 지금에도 여전히 미술에 재능이 없음을 아쉬워하다니. 나만 그런 게 아니다. 나를 포함한 오빠, 동생 삼 남매가 모두 아빠의 재능을 이어받지 못했다. 아빠가 작업할 때 지켜보고 있으면 신기하기도 하고 배워보고도 싶었다. 고등학생이 되어 조심스럽게 물어본 적이 있다.

"아빠, 왜 우리에게 그림 그리는 거 안 가르쳐 주세요?" 내 말에 대답은 안 하고 그저 빙그레 웃기만 하셨다. 아빠가 돌아가시고 나서야 엄마에게 자세히 들어 알게 된 사실이다.

아빠는 가난한 집에서 태어났다. 할아버지는 너무 일찍 돌아가셔서 얼굴도 모르고 컸다고 한다. 혼자 되신 할머니가 가장이었으니 얼마나 힘들었을까, 짐작이 되었다. 아들 셋을 뒷바라지하신 할머니의 정성으로 그 당시 미대를 갈 수 있었다고. 그 당시에는 미술을 하면 그저 재능이 많을 뿐, 가정형편과 직결이 되었다. 예술 분야를 직업으로 연결하기가 지금보다 더 어려웠을 테니 말이다. 돈도 많이 들뿐더러 미술을 한다고 하면 밥이나 먹고 살 수 있겠냐는 핀잔을 들어야 하는 시대였다. 다행히 아빠는 열심히 공부해서 미술 교사가 되었다. 박봉이었지만 교사 월급으로 가장의 역할을 제대로 해내셨다. 하지만 꿈을 포기하지 않으셨다. 꾸준히 작품활동을 하시면서 개인 전시회도 주기적으로 여셨으니 말이다. 엄마의 내조도 한몫했다. 개인 전시회 일정이 잡히면 아빠는 몇 날 며칠을 작업에 몰두하셨다. 작업실은 우리 집 거실이었다. 초등학교 때 아빠 전시회를 갔었던 기억이 난다. 화환이 가득한 곳에 우리는 사진도 찍고 친구들에게 멋진 아빠를 자랑했다. 자녀들이 미술에 재능이 없으니 미리 포기하셨을 수도 있다. 다만, 갈 길이 멀고 험하다는 것을 알기에, 자녀들의 수고를 보고 싶지 않았던 아빠의 마음 아니었을까?

트라우마처럼 나의 발목을 붙잡던 미술 과목은 유아교육을 전공하는 대학 생활에도 완벽한 영향을 미쳤다. 손재주가 없었던 나는 유아교육과를 갔다. 단순히 피아노를 많이 쳤다는 것과 취업이 잘 되고, 여자 직업으로는 최고라는 이유에서 선택했다. 그림도 그림이지만, 손으로 만들고 접고 오리는 행위 자체가 나에겐 고역이었다. 잘하는 선후배를 보면 그저 부러웠다. '아빠라도 살아계시면 아빠 찬스라도 쓸 텐데.' 이런 엉뚱한 생각을 할 정도였다.

결혼한 지 2년 만에 첫 아이를 낳았다. 아이는 세 살 때부터 그림에 관심을 보였다. 그뿐 아니라 미술 시간에 쓰는 다양한 재료에도 호기심을 가졌다. 특히 만화 캐릭터는 한번 보면 기가 막히게 잘 그렸다. 전문적으로 조금만 배워보면 미대에 갈 수 있을 것 같았다. 다양한 재능이 있었기에 그냥 기다려주었다. 중학생이 되면서부터는 웹툰 디자이너를 꿈꾸기도 하고, 애니메이션에 흥미를 느꼈다. 나는 아이가 원한다면 전문학원에 보내려고도 했지만, 아이의 선택은 결국 음악이었다. 어쨌든 외할아버지의 DNA를 그대로 장착한 것이다. 내심 기뻤다. 대리만족! 이런 기분이었구나.

나와 기질과 성향이 다른 큰아들을 키우다 보니, 사람마다 강점이 있다는 것을 명확히 알 수 있었다. 그동안 나는 내가 갖지 못한 것을 계속 움켜쥐고 부러워만 했다. 내가 잘하지 못한다는 것을 알고 있음에도 딱 포기하지 못했다. 전혀 못 하는 일도 하다 보면 늘고 나아질 수 있다. 하지만 타고난 강점이 아니면 엄청난 노력 없이 그 차이를 뛰어넘기는 어렵다. 문제는 관심이다. 처음부터 잘할 수 없지만, 하고 싶다는 욕구가 있어야 그것이 강점이 된다. 내 아이의 강점을 찾아주는 것도 꾸준한 관찰과 관심이 필요하다. 잘한다고 생각한 것도 타이밍을 놓치면 자녀의 강점을 찾아줄 수 없다.

아이들이 막 한글을 배울 때를 생각해 보자. 차를 타고 지나가면서도, 밖에서 물건을 사고 있을 때도, 걸어 다니다가도 아는 글자가 나오면 손가락으로 가리키면서 중얼중얼했던 아이의 모습, 모두 기억날 것이다. 관심이 폭발적으로 치솟을 때 적절하게 자극을 주면 아이의 강점으로 바뀔 수 있다. 아이의 강점은 부모가 억지로 만들 수 없다. 아이 스스로 지속적인 관심을 가지도록 지켜봐 주는 것! 이것만이 부모인 우리가 감당할 수 있는 몫이라고 생각한다.

마음 근육 키우기

마음 근육이라는 말이 좋다. 왠지 모르게 마음이 단단해지는 느낌이 든다. 리사 니콜스는 자신의 저서《마음 근육》에서 아홉 가지 키워드를 통해 마음의 힘을 설명하고 있다. 저자는 마음 근육을 "난관을 극복하고 삶의 고통을 이겨내는 생각과 행동"이라고 정의했다. 이 책의 부제는 "인생 마라톤을 완주하는 힘"이다. 이 한 문장이 마음 근육에 대한 정의를 뒷받침해 주고 있었다. 흔히 인생을 마라톤에 비유한다. 긴 여정 속에 자기 페이스를 유지하면서 끝까지 달리는 마라톤은 삶과 닮은 점이 많기 때문일 터다. 마음이 단단하면 어떤 시련과 고난이 찾아와도 이겨낼 힘이 생긴다. 소개된 아홉 개의 마음 근육 키워드 중 내게 와닿았던 단어는 바로 '직감 근육'이었다. 자신을 믿는 직감! 그것은 살면서 생기는 불안의 문을 닫아주는 믿음이라 했다. 나를 사랑해야 나를 믿어주는 힘이 생기는 것은 당연하다.

이란성 쌍둥이로 태어난 나는 어렸을 때부터 체력이 약했다. 감기를 달고 살았다. 외출하고 돌아오면 쉽게 지쳤다. 병치레가 잦다 보니 엄마는 음식에 신경을 많이 쓰셨다. 인스턴트 음식은 철저히 먹지 못하게 하셨다. 쓰디쓴 보약도 해를 넘길 때마다 먹었던 기억이 난다. 그분 아니라 손맛이 좋은 엄마표 음식을 먹었으니, 지금도 그 정성을 생각하면 감사한 마음뿐이다.

어렸을 때 몸이 아프면 농담 반, 진담 반으로 동생한테 말하곤 했다. 엄마 배 속에서부터 네가 내 것까지 다 뺏어 먹어 내가 아픈 거라고 말이다.

결혼 후 직장생활을 시작할 무렵부터 의외로 나는 정신력이 강한 사람이라는 것을 알았다. 물론 체력은 약해서 쉽게 에너지가 고갈되긴 했지만, 일에 있어서만큼은 정신력으로 버텨냈다. 몸이 건강해야 정신도 건강하다는 말은 맞지만, 그래도 나는 정신력이면 무엇이든 이겨낼 수 있다고 믿었다. 학창 시절부터 외모에서 풍기는 이미지는 약하고 힘이 없었지만, 느낄 수 있었다. 내 안에 강한 에너지가 있다는 것을.

지난 6월, 수원의 한 중학교에서 부모교육을 진행했다. 학교에서 부모들을 위해 명사 특강으로 기획했던 프로그램에 운 좋게 강의할 수 있었다. 내가 정한 주제는 "아이의 자존감을 살리는 부모의 마음 근육"이었다. 평소에 부모들의 마음이 먼저임을 강조해 왔기에 '자존감'과 '마음 근육'을 연결해서 준비했다.

엄마의 마음이 얼마나 건강한가에 따라 자녀들도 힘들고 어려운 사춘기를 잘 극복할 수 있다는 말을 전했다. 자존감을 '호두'와 '복숭아'의 모양과 생김새로 설명했다. '외강내유'형 사람이 있고, '외유내강'형 사람이 있다. 마음 깊이 심어둔 야무진 근육이 있어야 한다고 강조했다. 결정적일 때 마음 근육이 있으면 흔들리지 않고 살아갈 수 있다고 내 진심을 알렸다. 중심을 잡을 수 있도록 버티고 있는 단단한 복숭아 씨앗처럼 말이다.

어린이집을 운영하면서 학부모들의 자녀교육에 대한 애로사항을 자주 들었다. 아이를 키우는 데 있어서 당당하게 소신껏 키우는 엄마들도 있었지만, 좋은 엄마가 되어주지 못해 자책하는 부모들이 더 많았다. 엄마 자신의 삶은 없고 오로지 아이만 바라보는 엄마들도 있었다. 그런 엄마들의 마음을 읽어주면 자연스럽게 살아온 시간을 꺼내놓고 고민을 털어놨다. 행여 자신의 낮은 자존감이 아이의 성장에 걸림돌이 되지는 않을까 두려워하면서 말이다. 그럴 때면 어김없이 나는 오랫동안 겪었던 나의 열등감 이야기를 꺼냈다. 자녀를 키우면서 혼란스럽고 방황했던 마음도 솔직하게 털어놓았다. '엄마'라는 이유만으로 우리는 서로를 응원했다.

나는 운동을 싫어한다. 그래도 건강을 위해서 이것저것 기웃거려보는 시도를 했었다. 뭘 시작하면 꾸준하게 하는 편인데, 유독 운동만큼은 지속하지 못했다. 배드민턴, 요가, 필라테스, 30분 순환 운동, 모두 두 달 배우고 그만두었다. 나이 들어가면서 빠져나가는 근력을 보충해야 한다. 그러려면 운동이 필수다. 알고 있는데 여전히 게으른 생각을 바꾸지 못했다. 건강한 몸을 만들기 위해서는 몸이 좀 고단해야 한다. 아프고 힘들어야 하고 땀을 흘려야 한다. 그래야 몸의 모든 근육이 다시 살아난다. 넘어져도 금세 회복할 수 있다. 며칠 몸살을 앓고 나면 몸이 적응하게 된다.

마음도 마찬가지다. 마음 근육이 단단해지기까지 맷집이 필요하다. 그런 의미에서 상처받았던 경험이 꼭 나쁜 것만은 아니다. 그 상처를 이겨내기 위해 숨겨진 강인함이 발휘되기도 하니까 말이다. 빠져나가는 마음 근육의 원인이 무엇인지 제대로 알아야 한다. 마음은 쉽게 바뀌는 경향이 있다. 다양한 문제 상황에서 수시로 흔들리는 것이 마음이다. 하지만 사람은 직감적으로 자신에게 필요한 것을 찾게 마련이다. 그런 직감을 무시하거나 놓치면 늘 다른 사람의 편의대로 살게 된다. 마음이 단단해지기 위해 내 마음의 평정심과 유연함이 필수다. 매일 꾸준히 할 수 있는 일 한 가지를 찾는 것이 중요하다. 매일 30분씩 걷는다거나 즐거운 춤과 음악을 접해보기도 하고, 운동이나 산을 오르는 등 취미활동을 해보는 것이다. 몸과 마음은 가까이 연결되어 있어서 몸을 움직이면 마음도 활력을 얻을 수 있다. 또 매일 한 장이라도 책을 읽고 느낀 점이나 현재의 마음 상태를 기록해 보는 것도 하나의 방법이 될 수 있다.

강한 정신력이 얇고 가느다란 유리멘탈이 되는 것은 한순간이었다. 힘든 상황에서도 버틸 수 있는 단단한 마음 근육이 필요했다. 다시 '나'를 찾고 싶었다. 눈치 보지 않고 당당하고 소신껏 나의 일을 사랑했던 원래의 모습대로 멈춰야 했다. 25년 교육자의 경험과 이력을 과감하게 내려놓은 지 벌써 2년, 읽고 쓰는 삶을 통해 단단한 강철멘탈을 만들어 가고 있다.

견고히 세워져 있었던 벽은 단번에 허물어지지 않는다. 서서히 금이 가서 틈이 벌어지고, 중심이 흔들리고 나서야 무너져 내린다. 단, 무너지는 것은 한순간이다.

'마음의 중앙에 공원을 만들어야 한다.'라고 말한 김창옥 강사의 이야기가 떠오른다. 하고 싶은 일과 해야 할 일을 두고 생각이 많은 사람일수록 마음의 중심에 햇빛을 공급해 주어야 한다고 했다. 꼭 나를 두고 한 말인 것 같았다. 흐물거리던 마음 근육을 다시 만들기까지 서두에서 말한 '직감 근육'이 절대적으로 필요하다. 나를 찾아야만 제대로 내 마음을 돌볼 수 있다.

지금부터라도 마음 근육의 세포들을 하나하나 살펴볼 일이다.

실패 근성을 키우자

근성은 '어떤 일을 중간에 포기하지 않고 끝까지 하려고 하는 성질'(나무위키 백과사전)이라는 뜻이다. 또한 '뿌리가 깊게 박힌 성질'이라는 뜻도 포함되어 있어 부정적인 의미로 인용되기도 한다. 예를 들어 속물근성, 거지 근성, 아부 근성 등이다. 나는 실패 근성이라는 말을 떠올렸다. 실패에도 익숙할 수 있는 근성이 필요하다는 의미이다. 성공으로 가기 위한 긍정적인 의미로 나 자신을 채찍질해 보고 싶어서다.

나는 실패한 적이 없다. 실패했다는 것은 부딪히고 깨지고 넘어져서 큰 벽을 하나 넘어봤음을 뜻한다. 성공을 향해 열심히 도전해 본 당당한 결과니까 말이다. 도전하기보다 안전한 울타리가 좋았고, 내가 직접 만들어 가는 삶이 아니라 누군가 다 만들어

놓은 편안함을 즐겼다. 그런 나에게 '실패'의 경험이 있을 리가 없지 않은가. 당연히 간절함도 없었다. 기필코 뭔가를 해내야겠다는 목표가 없으니 성공도, 실패도 없는 것이 어쩌면 당연했다. 주어진 대로 살았다. 현실에 안주했다. 잡히지 않는 먼 이상만 동경할 뿐 주저하고 망설이기만 했다. 실패를 무릅쓰고 과감하게 행동으로 옮기지 못했으니, 이런 태도야말로 인생의 실패자였다고 해도 과언이 아닐 것이다.

그랬던 내가 살아가면서 하나씩 하나씩 실패의 쓴맛을 맛보았다. 실패의 기준이 무엇인가에 따라 다를 수 있겠지만, 적어도 내 삶에 큰 영향을 끼쳤던 것은 사실이다.

첫 번째 실패는 음악대학 진학을 포기했던 일이다. 여섯 살 때부터 피아노를 배웠던 내가 음대는 쉽게 들어갈 수 있다고 착각하며 살았다. 음악을 전공하고 싶다는 명확한 목표의식도 없었다. 고등학교에 진학하고 나서 공부는 어렵고 성적은 늘 중간이니 꾸준히 해왔던 피아노를 선택하는 것이 지름길이라고 생각했다. 고등학교 1학년 때 유명 교수에게 레슨을 받을 기회가 생겼다. 잘 치는 곡 하나 가져와서 선보이는 일이었다. 아무 생각 없이 내가 연습하고 있었던 모차르트 소나타 한 곡을 악보와 함께 가져갔다. 배우기만 했지 누군가에게 테스트를 받아본 적은 처음이었다. 긴장되었다. 순서를 기다리는 동안 쇼팽의 즉흥 환상

곡을 선보이는 내 또래 친구의 손놀림에 기겁했다. 얼마나 빠르고 정확하게 악보를 익혀 치는지, 나는 기가 팍 죽었다. '저 정도가 되어야 이런 레슨도 받을 수 있는 거구나!' 생각하니 괜히 왔다는 후회와 열심히 연습하지 않은 자책감이 밀려왔다. 아무런 준비도 하지 않은 채 덜컥 레슨을 받으러 온 사람은 나뿐인 듯했다. 내 순서가 되었다. 연습도 많이 하지 않은 채 앉아서 교수 앞에서 치려고 하니 손이 덜덜덜 떨렸다. 음이 틀리고 자꾸 멈춰지게 되었다. 교수는 한숨을 쉬면서 이 곡 말고 제일 자신 있는 곡이 뭐냐고 물었다. 아무런 답을 하지 못하고 고개를 떨구었다. 시작한 지 10분도 채 안 되어 레슨은 끝이 났다. '음대를 진학하겠다는 애 맞아? 레슨 받을 준비도 안 된 멍청한 학생이군!' 교수가 꼭 이렇게 말하는 듯했다. 창피하고 부끄러웠다. 돌아서서 소개해 준 사람을 원망했다. '이런 분위기였다면 제대로 연습하라고 얘기해 주지!' 마음속으로 남 탓까지 하고 있었다.

그 일이 있고 난 후 괜스레 오기가 생겼다. 나도 할 수 있다고 외치며, 그 후 6개월 동안 야간 자율학습을 끝내고 학원에서 한 시간 동안 연습했다. 누군가가 나를 제대로 지도해 주었으면 하는 바람이 들었다. 나도 다른 친구처럼 비행기를 타고 가서 유명한 교수에게 고가의 레슨비를 주고 지도받고 싶은 마음이 굴뚝같았다. 속으로 엄마가 미웠다. 내게 관심도 없던 피아노를 접하게 해준 사람이 바로 엄마다. 그런 엄마의 간섭이 없으니 원망스러웠다. 내가 스스로 결정할 기회를 주셨는지도 모르겠다. 나의 첫 선택은 다름 아닌 '포기'였다. 얼마나 어리석은 선택이었는지, 시간이 지날수록 내가 한심했다. 간절하지 않은 마음을 탓하기보다 가정형편이 어렵다는 어리석은 변명으로 나를 합리화시켰다. 완벽한 실패였다.

두 번째 내 인생의 실패는 직장생활이 영원할 줄 알았던 '교만한 생각' 때문이었다. 한 직장에서 22년째 근무할 때 해고되었다. 아무런 준비 없이 찾아왔다. 직장에 몸 바쳐 일했으니 그것으로 인생은 탄탄대로가 되는 줄로만 알았다. 영원한 직장은 없다는 말이 그제야 뼛속 깊이 공감되었다. 한 직장에서 교육자 마인드를 제대로 갖출 수 있었고, 가르치는 일에 자부심과 보람을 느꼈으니 얻은 것도 많았다. 하지만 그런 생각조차 합리화였다. 오로지 이 일밖에 생각하지 않고 살았는데 당장 대책이 없었다. 직장에 다니면서 이직을 생각하고 미래를 준비하는 사람들을 보면서 비웃었다. 프로답지 못한 행동이라고 여겼다. 회사가 어려워질 때마다 구조조정으로 인해 퇴사하는 사람들을 봤다. 그 일이 곧 내 일이 될 거라곤 손톱만큼도 생각하지 못했다. 영원한 직장은 없다. 직장이 평생 나를 먹여 살려주는 곳은 아니다. 그 당연한 사실을 해고되고 나서야 알았으니 뼈아픈 실패였다.

어젯밤 사업가로서 성장하고 있는 작가의 특강을 들었다. 무조건 도전하고 용기 있는 실행력으로 부딪혀 가면서 자신의 인생을 주도적으로 잘 살아가고 있었다. 목표가 확실했다. 원하는 일을 하기 위해 해야만 하는 일과 할 수 있는 일에 집중하며 야무지게 살아온 이야기를 들으며 박수를 보냈다.

실패하는 것을 두려워하지 않았다. 도전해서 얻은 경험을 자산으로 삼고 또 앞으로 나아갔다. '그런 열정이 나에겐 왜 없을까?' 생각하며 나를 돌아보았다.

유년 시절을 이야기하면 친구들이나 직장 동료들은 공감하지 못했다. 좋은 환경에서 그만큼 관심받고 자란 게 얼마나 큰 축복인 줄 아느냐며 오히려 나를 나무랐다. 호강에 겨운 소리를 한다고 나를 이해하지 못했다. 다소 강압적인 엄마의 감시(?)를 받으며 자랐다고 하면 감사를 모르고 불평한다고 했다.

온실의 화초를 버리고 과감히 잡초가 되기로 했다면 내 인생은 어떻게 달라졌을까?

실패에 대한 자세를 배우고 있다. 도전을 즐기는 사람은 넘어졌을 때 원망하지 않는다. 다시 넘어지지 않도록 일어서는 방법을 알게 해준 실패를 오히려 고맙게 생각한다. 디딤돌로 여기고 다시 앞으로 나아갈 뿐이다. 그런 끈기와 근성을 내 몸에 장착시키고 싶다. 같은 운명에서 태어났지만, 삶을 바라보는 긍정적인 태도로 전혀 다른 삶을 살아가는 사람들이 있다. 할 수 있는 '방법'을 찾는 사람이 있고, 할 수 없는 '이유'만 찾는 사람들이 있다. 나는 그동안 내가 할 수 없었던 이유만을 찾기에 급급했다.

어떤 어려움을 만나더라도 멈추지 않고 끝까지 밀고 나갈 수 있는 근성, 실패를 대하는 진실한 자세야말로 성공으로 한 발 나아갈 수 있는 지름길일 것이다.

마음을 전달하는 도구

　베란다 책장을 정리하려고 보니 한숨부터 나온다. 무엇부터 정리해야 할지 멍하니 널브러진 책들만 바라보았다. 책뿐만 아니라 어린이집을 운영했던 서류들과 소품들이 수두룩했다. 7년이 넘도록 베란다에 있던 원목 책장을 내 작업실 방으로 옮기기로 했다. 대대적인 공사나 다름이 없다. 일단, 읽지 않는 책들과 필요 없는 자료들을 모두 버리는 것부터 시작이다. 책장 입구부터 가로막아 있는 박스를 먼저 치우기로 하고 쪼그려 앉았다. 서류 더미가 나왔다. 10년 전, 위탁 운영을 하면서 관리하고 점검했던 보고서류가 가득했다. 분쇄기가 없으니 일일이 확인하여 자르고 찢어 폐기했다. 6년 동안이나 처박아 놓은 서류 뭉텅이는 열심히 살아온 과거의 흔적이었다. 이제야 미련과 아쉬움을 다 날려 버린 듯한 느낌이 들었다. 또 하나의 박스에는 알록달록한

엽서와 편지지가 가득했다. 편지지를 보니 기분이 좋아졌다. 손편지를 참 많이도 썼다. 디지털보다는 아날로그 감성을 좋아했던 나의 유일한 취미활동이 편지쓰기였으니 말이다. 내가 지금까지 글 쓰는 삶을 살아갈 수 있도록 만들어 준 시작은 편지쓰기 덕분이라고 해도 과언이 아니다.

아들 둘을 자유롭게 키웠다. 웬만한 것은 큰 테두리 안에서 허용해 주었다. 대신 엄마 아빠의 생일날에는 손편지를 꼭 쓰게 했다. 어쩌면 아들들은 강요(?)에 의해 썼을지도 모른다. 하지만 내가 엄마로서 한 일 중 가장 잘한 일이라고 생각한다. 생일날 아들들의 편지를 받으면 그 어떤 선물보다 마음이 풍요로워졌다. 글은 마음을 대변해 준다. 해마다 받아보는 편지는 아이들의 마음 성장까지 한눈에 느낄 수 있다. 수줍게 전하는 마음, 말로 꺼내기 어려운 고백, 고맙고 사랑한다는 표현, 닭살 돋는 애정과 관심의 언어……이 모든 것을 한 장의 편지지 안에 녹여낼 수 있으니, 참 좋은 글쓰기 활동이라고 할 수 있다. 그 편지는 최근까지도 이어지고 있다. 성인이 된 이후의 편지 속에는 엄마를 응원하고 점점 철이 들어가는 모습이 보인다. 어릴 때부터 습관이라서 어색하거나 쑥스러워하지 않는다. 편지는 그 어떤 글보다 위대한 힘이 있다. 문득 외롭다는 생각이 들거나 내 편이 없다고 느낄 때 아이들의 편지는 그야말로 든든한 힘이 되어주었다.

아들들이 보내준 편지를 읽다 보니 엄마 생각이 났다. 나는 왜 엄마와 편지쓰기도 시도하지 않았을까. 편지로라도 내 마음을 표현하고 보여줬더라면 엄마도 나를 조금 더 이해할 수 있지 않았을까? 말을 꺼내는 것이 힘들었던 유년 시절, 일기장에도 내 마음을 솔직히 쓰지 못했다. 일기조차도 어른들의 검열을 받았으니, 생각해 보면 동심을 고스란히 다 반납한 셈이다. 일기는 하나의 과제였다. 고역이었다. 중학생이 되고부터는 나 혼자만의 작문 노트를 만들었다. 어설프지만 시도 써보고, 억눌려있던 내 마음을 적어보기도 했다. 엄마한테 편지를 쓴 건 결혼 승낙을 얻기 위해 20대에 쓴 편지가 처음이자 마지막이 되었다. 왜 그렇게도 엄마가 어려웠을까. 지금도 엄마와 소통의 부재를 떠올리면 가슴이 답답해진다.

오은영의 금쪽 상담소 프로그램은 연예인 혹은 일반인의 사연들도 종종 다룬다. 여덟 살에 부모의 이혼을 경험했고, 잠시 엄마와 떨어져 살았던 가수 영지의 상담 편을 우연히 보았다. 남아 선호 사상이 강했던 할머니 밑에서 '어른아이'(흔히 내면 아이라고도 불린다.)로 자랐던 주인공. 엄마의 부재로 인해 마음의 응어리가 깊은 스토리가 전개되었다. 떼 부리지 않고 의젓한 아이로 자랐던 과거 유년 시절 이야기는 꼭 나를 보는 듯했다. 안타까웠다. 아이가 부모를 의존하려는 욕구는 당연한 욕구다. 그 욕구가 결핍되면 결국 어른이 되어도 꾹꾹 쌓아진 상처가 계속 자신을 힘들게 한다는 오은영 박사의 상담이 이어졌다. 괜찮은 척, 아닌 척참고 넘긴 시간을 심리적인 언어로 "허구의 독립"이라고 했다. 왜 그 말에서 나와 엄마 사이가 떠올랐을까. 나는 오래도록 외로움이라는 감정에서 헤어 나오지 못했다. 엄마에게서 독립하고자결혼을 선택했지만, 완벽한 독립을 하기까지는 오랜 시간이 걸렸다. 부모와의 물리적인 거리가 멀어진다고 해서 독립할 수 있는 것은 아니었다. 근본적으로 엄마와의 소통이 필요했었다는 사실을 더 실감했다. 가수 영지와 그 엄마와의 기억은 엇갈려 있었다. 엄마가 자기를 버리지는 않을까, 염려했던 기억을 오랫동안 상처로 가지고 살았다. 유년 시절의 부정적인 기억은 그렇게자신을 힘들게 했다. 그렇다면 내가 생각하는 엄마에 대한 기억도 어쩌면 다를 수 있지 않을까? 엄마와 마음을 터놓고 다 표현할 수 있는 시간을 왜 마련하지 못했을까. TV 속 모녀의 이야기를 통해 나와 엄마의 관계를 다시 또 생각해 보았다. 엄마를 이해하기 위한 노력은 아직도 진행 중인 듯하다. 엄마의 기억은 분명나와 다르기를 바라면서 채널을 돌렸다.

전공 서적을 비롯한 책들이 배곡하게 꽂혀 있었다. 책 제목을보니 웃음이 난다. 뭔가 변화하고 싶을 때 구매한 책들인지 법칙시리즈가 많았다. 인간관계 법칙, 내 편 만드는 법칙, 변화와 성공의 법칙 등이다.

　그중 한동안 열심히 읽었던 책이 보인다. 리더십 교육에서 이 책을 처음 접하고 읽었던 기억이 났다. 강헌구 작가의 《가슴 뛰는 삶》이다. 제목만큼이나 새로운 나를 만날 수 있을 거라는 기대감과 흥분으로 단숨에 읽어 내려갔던 기억이 난다. 나의 비전을 설계하는 데 많은 영향을 주었던 작가의 책이었다. 그 중 "꺼져있는 90%의 유전자 스위치를 켜라!" 외치는 글에 고개를 끄덕거리고 공감했었다. 대부분 부모에게서 받은 유전자 중 실제 작동하는 것은 10%밖에 되지 않는다고 했다. 나머지 90%는 우리 안에 잠재된 유전자들이라는 것이다. 꺼두고 묵혀두었던 긍정적인 유전자의 전원을 어떻게 하면 다시 켤 것인가! 화두를 던지는 글이었다. 나의 첫 책 《행복의 길을 여는 위대한 유산》에서 돌아가신 부모가 주었던 정신적인 자산을 글로 풀어냈다. 부모가 내 곁에 존재하지 않은 순간부터 정신적인 삶의 지주가 사라졌다고 생각했다. 그러나 글을 쓰면서 부모의 가르침은 영원히 내 안에 머문다는 것을 알게 되었다. 부모님이 내게 심어준 정신은 강인함과 올곧음이었다. 외롭게 살아가지 말고 단단한 내면의 힘으로 나만의 역량을 발휘하며 살아가라는 가르침이 있었다. 글을 쓰지 않았으면 나의 유전자가 무엇인지 생각조차 못 했을 터다.

과거는 다시 바꿀 수 없다. 엄마를 다시 만나는 것은 더더욱 불가능하다. 그렇다면 지금 내가 할 수 있는 일은 무엇일까. 하늘에 계신 엄마에게 편지 한 장 써보는 것, 그것만이 지금 내가 할 수 있는 일이다. 내 마음을 솔직하게 표현하는 편지가 엄마와 나누지 못한 이야기를 풀어갈 수 있는 열쇠가 되지 않을까. 고개 들어 하늘 한번 올려다본다.

부모, 자녀의 최고의 파트너

　내가 아이를 다시 키운다면 잘 키울 수 있을까? 뜬금없는 질문을 나에게 던져 본다. 유아교육을 공부하면서 이론과 실제의 다름을 실감했다. 아이를 낳기 전, 부모의 역할에 대해 한 번도 진지하게 고민한 적은 없었다. 결혼했으니까 아이를 낳는 일은 당연했다. '좋은 부모가 될 거야!'라고 계획해서 아이를 낳진 않았다. 남들 다하는 결혼이니, 결혼만 하면 모든 일이 다 해결될 것처럼 착각했다. 아이가 태어나자 모든 것이 달라졌다. 아이를 먹이고, 재우고, 키우는 양육자에서부터 훈육하고 격려하는 역할까지 다양한 몫을 해내야 했다. 낳기만 하면 저절로 큰다는 어른들의 말을 믿었던 내가 얼마나 어리석었던가. 물론 나는 직장 생활을 하면서 부모님의 도움을 얻어 육아가 다른 엄마들에 비해서는 수월한 편이었다. 하지만 일하면서 동시에 아이를 키우는 일은 마음처럼 쉽지 않았다. 아이가 마냥 귀엽거나 사랑스럽지만은 않은 과정들을 겪기 때문이다. 아이의 생각과 마음이 자라면 통제하고 훈육하는 과정에서 잘 교육하고 싶은 욕심이 생긴다. 남부럽지 않게 키우고 싶은 마음은 당연하고, 이왕이면 내 자녀가 누구에게라도 인정받고 뭐든 잘하는 아이로 성장하기를 바란다. 내 부모에게서 받은 사랑과 헌신을 기억해 내면서 내 자녀를 책임져야 한다는 의무감도 생긴다. 아이가 자랄수록 하나의 인격체로 성장할 수 있도록 돕는 역할은 점점 더 어려워지는 것이 현실이다. 아이의 성장에 따라 부모의 역할도 달라져야 하는 것은 어쩌면 당연한 일이 아닐까.

올해로 첫째가 스물아홉, 둘째는 스물일곱이 되었다. '언제 이렇게 컸지?' 아들들을 올려볼 때마다 그런 생각이 든다. 아이들은 낳아놓으면 저절로 큰다는 말이 진짜처럼 생각될 정도다. 동시에 드는 생각은 '그럼 내가 올해 몇 살이지?' 쏜살같이 지나가 버린 시간이다. 어릴 때는 제발 빨리 자랐으면 좋겠다는 생각도 했는데, 어리석은 생각일 뿐이었다. 이렇게도 빠르게 시간이 지나가 버릴 줄 누가 알았겠는가. 출산에서부터 우여곡절을 거쳐 30년 가까이 함께 지내고 있는 아들들과 나, 어떤 변화가 있었을까. 초등학교에 입학하기 전까지는 양육자로서의 역할이 주를 이뤘다. 사춘기를 왕성하게 지냈던 청소년기에는 조력자이자 상담자 역할을 했다. 나와 생각이 다른 사람들을 이해하는 과정이 힘든 시기인 만큼 들어주려고 노력했다. 문을 꼭꼭 걸어 잠그고 말을 하지 않으면 무슨 일인지 노심초사했고, 엇나가는 행동을 할 때는 온전히 이해하지 못했지만 이해해 보려고 애를 쓰기도 했다. 진로를 정하고 대학생이 되면서부터는 나름 고민하는 아들들을 보면서 한 걸음 떨어져 바라보게 되었다. 그냥 지켜봐 주는 것이 전부였다. 애달프게 작은 일에도 걱정하고 근심하는 일이 어리석은 일이라는 것을 알았기 때문이다. 아이들이 학생으로 살아가는 시간은 무려 16년이 걸린다. 평균적으로 대학 4년까지를 합산하면 말이다. 그렇다면 지금 나는 엄마로서 두 아들에게 어떤 역할로 다가가야 할까.

"당신은 부모입니까, 학부모입니까?" 2014년, SBS에서 방영된 스페셜 프로그램에서 화두로 던진 질문이다. 부모와 학부모의 차이는 어떤 차이가 있을까. 눈여겨 전문가의 말에 귀 기울이게 되었다. 그때 큰아이가 막 스무 살이 되었고, 둘째는 치열하게 공부하며 대입을 준비하던 시기였다. 그래서 더 관심 있게 시청했다. 프로그램을 바탕으로 제작된 《부모 vs 학부모》라는 책도 읽었다. 여기에서 '학'자는 우리가 알고 있는 학생의 부모라는 뜻이 아니었다. '학(學)' 대신 '학(虐)', 즉 사납고 가혹하다는 뜻으로 해석했다. 과도한 입시경쟁과 교육열로 인해 한국 사회와 가정이 겪고 있는 어려운 현실을 심도 있게 다루었다. 학습노동자로 전락한 아이들과 감시자로 변해버린 부모들의 이야기를 듣고 있으니 여러 생각이 들었다. 누구의(학교, 교육 현실, 대학 입시제도) 탓인지 운운할 때가 아니었다. 결국 이러한 교육 현실을 바꿀 수 있는 주체는 '부모'가 되어야 한다는 관점으로 풀어나갔다. 뉴스에서 청소년들의 안타까운 죽음이 보도될 때마다 부모로서 가슴이 철렁 내려앉는다. 실제로 청소년들의 죽음의 원인 중 질병이나 사고에 의한 것보다 극단적인 선택에 의한 사망이 1위를 차지하고 있으니까 말이다.

인기리에 방영된 드라마 〈스카이캐슬〉에서도 우리의 현실이 그대로 재연되어 공감을 샀다. 비단 아이들의 교육 문제뿐 아니라 부와 성공 그리고 진정한 행복에 대한 화두를 던져 주었다. 부자들이 누리는 특권을 다루는 내용을 볼 때는 자괴감이 들기도 했다. 하지만 부모라면 누구나 공감할 만한 공부와 학습에 대한 전개는 손에 땀을 쥐게 했다. 공부에 대한 압박과 긴장 속에서 조급해하는 아이들을 응원하기도 했다. 오로지 성적 하나로 평가받는 우리 사회의 현실과 그에 부응하려 노력하는 부모들의 민낯이 드러났다. 다소 과장되고 각색된 부분을 제외하고는 학교, 학부모, 학생, 더 크게는 나라의 교육제도까지 파급 효과를 미칠수 있는 작품이었다.

아이가 막 태어났을 때 그 감동의 순간을 부모인 우리는 모두 기억하고 있다. 손가락 열 개, 발가락 열 개가 있음을 확인하면 그것만으로 얼마나 행복해했던가. 아이가 힘겹게 처음으로 뒤집기를 할 때, 몸의 중심을 잡고 혼자 앉을 수 있을 때, 옹알이하면서 나와 눈 맞추고 소통할 때, 아이 스스로 첫걸음을 떼며 나의 품으로 올 때…… 우리는 아이의 성장을 지켜보면서 혼자 해낸 그 예쁜 몸짓이 기특해 맘껏 손뼉 치며 지지하고 기뻐했던 부모였다. 그것만으로도 충분히 부모로서 보상을 받았다고 생각하면 어떨까. 하지만 어느 순간 아이가 자라 학교에 다니면서부터 부모는 학부모로 변하고 만다. 끝도 없는 비교와 경쟁에 뛰어들 수밖에 없는 사회를 경험하는 아이들에게 맘껏 격려해 주지 못한다. 아이들만의 고유한 생각을 있는 힘껏 칭찬해 주지 않는다. 그 이면에는 아이를 너무 일찍 어른으로 대하고 있진 않은지, 너무 많은 걱정과 불안을 아이에게 물려주고 있지는 않은지, 깊게 생각해 봐야 할 것 같다.

부모가 자녀를 책임진다는 생각으로 키운다는 말은 틀린 말이 아니다. 하지만 무조건 의무적인 책임만으로 아이를 바라본다면 결국은 감시자가 되고, 무서운 선생님이 되어야만 할지도 모르겠다. 학생의 신분을 벗어나 어엿한 성인이 된 자녀가 부모를 인생 파트너로 생각할 수 있다면 더할 나위 없겠다. 부모가 자녀의 동반자 역할을 하기 위한 필수적인 대안은 바로 "선택권"이다. 어떤 일을 하고, 무슨 직업을 결정하든지 스스로 선택할 수 있는 권리를 주는 것이다. 사실 이 글을 읽는 독자 중에는 그렇게 스스로 선택하는 것이 무슨 대안이 될 수 있느냐고 반문할지도 모르겠다. 하지만 가만히 부모의 마음을 들여다보면 결코 쉽다고만은 할 수 없다. 부모는 좀 더 안전하고 평탄한 길을 선택하길 바라기 때문이다. 성인이 된 자녀들은 이제 자신의 삶을 스스로 만들어 가야 할 시기이다. 자녀를 아끼는 마음에서 섣부른 충고나 조언보다는 나름의 철학을 가지고 살아갈 수 있도록 부모의 삶으로 보여주는 지혜 또한 필요하다.

처음으로 돌아가 '다시 아이를 키울 수 있는 시간이 주어진다면?' 이 질문에 대한 답은 '잘 키울 수 있다.'가 아니다. 어쩌면 키워본 경험으로 인한 실수는 더 많이 되풀이될지도 모른다. 하지만 분명한 것은 아이 스스로 걸을 수 있도록 힘차게 격려했던 그 순간을 잊지 않을 자신은 있다. 독립적인 한 개체로 존중하고, 스스로 살아갈 방법을 함께 고민하는 부모가 되기 위해 오늘도 나는 공부한다.

제 5 장

자녀의 독립적인
삶을 위하여

일상의 언어 바꾸기

무심코 채널을 돌리다 〈결혼백서〉라는 드라마를 보았다. 뻔한 남녀의 사랑 이야기와는 또 다른 내용이 있을 것 같아 자리를 잡고 앉았다. 언젠가부터 드라마를 잘 보지 않는다. 한번 보면 줄거리가 궁금해져서 계속 봐야 하는 번거로움(?)이 생기기 때문이다. 물론 오늘처럼 예외도 있다. 컴퓨터 앞에 앉아 머리를 쥐어짠다고 해서 좋은 글이 나오진 않으니 잠시 머리를 식히기 위해서다.

내가 본 드라마는 벌써 5회차였다. 결혼 날짜를 잡고 본격적으로 결혼을 준비하는 과정이 그려졌다. 현실에서도 충분히 있는 내용이라 공감이 되었다. 예비 시어머니, 예비 장모님과 함께 신혼집을 보고 혼수를 고르면서 기선을 제압하려는 모습에 웃음 나왔다. 저러려면 뭐 하러 결혼하나 싶은 생각이 들었다. 드라마지만 참 부모도 어지간하다. 뭘 저렇게까지 간섭하나 싶어서 눈

살 찌푸리면서 봤다. 사랑해서 죽고 못 살던 남녀가 부모들의 비위를 맞추다 파혼 직전까지 가는 상황이 그려졌다. 예고편까지 꼼꼼히 챙겨봤다. 나도 모르게 드라마 작가에게 힘을 내라고 말하고 있었다. 해피엔딩이 아니더라도 모두에게 감동적인 메시지를 줬으면 하면서 말이다. 곁에 있던 아들이 한마디 한다.

"엄마, 드라마잖아. 뭘 그렇게까지 몰입해!"

결혼을 하면 모든 것이 다 내 세상이 되는 줄 알았다. 철없는 어린 나이에 했던 결혼, 그 환상은 어쩌면 당연했다. 엄마 아빠가 화목하게 지내는 모습을 보고 자랐다. 의견충돌도 있었겠지만, 아빠가 대부분 엄마에게 다 맞춰주는 것 같았다. 세상 모든 남자가 다 아빠 같은 줄 알았다. 아빠는 자상하고 따뜻했다. 교사였던 아빠는 자녀들에게 공부나 학습을 강요하지는 않으셨다. 대신 살아가는 기본적인 태도와 정신적인 가르침을 주셨다. 엄마와는 달리 아빠는 말 한마디에도 사랑을 가득 담으셨다. 혼을 낼 때는 오히려 말을 아끼셨다. 어쩌다 회초리를 드실 때는 아빠와의 기본적인 약속을 어길 때였다. 그런 가르침은 지금까지도 나의 정신적인 유산으로 남아 있다.

남편은 나와 여섯 살 차이가 난다. 나이가 많으면 다 어른인 줄 알았다. 내가 정의하는 어른은 다른 사람에 대한 배려가 깊은 사람이다. 결혼했으니 배우자인 나를 존중하고 배려하는 언어를 사용하는 것은 당연하다고 생각했다. 막상 결혼하고 보니 결혼 전에는 느끼지 못했던 말투가 거슬리기 시작했다. 작고 소소한 것이라도 소통하고 싶었지만, 대화가 오래 이어지지 못했다. 의견이 맞지 않을 때 짜증 섞인 말의 뉘앙스로 인해 스트레스를 받았다. 나이 차이가 많아서일까? 점점 남편이 어려워지기 시작했다. 말투만 바꿔도 서로 감정을 소모하지 않고 소통할 수 있을 텐데, 답답했다. 무뚝뚝함을 넘어서 관심이 없는 듯한 말투가 상처가 되었다. 답답한 마음을 풀어보려고 노력할수록 벽을 보고 이야기하는 것 같았다. 잘 몰라서 물어보는 말에 대답은 한결같았다. "아니, 그걸 내가 어떻게 알아!" "나도 몰라!" 늘 부정적이고 귀찮은 듯한 말투 때문에 약간씩 언성이 높아지기도 했다. "당신은 왜 그렇게 화를 내?" 답답하니 나도 좋게 말이 나오지 않는다. 본인의 말투가 어떤지를 전혀 인지하지 못하는 남편이 이해되지 않았다. 고쳐지지 않는 말투를 내가 바꿀 수는 없는 노릇이었다. 결혼 전에는 잘 보이려고 해서인지 자상하지는 않아도 상냥하게 말하는 편이었다. 결혼 후 이렇게 다를 수 있을까?

어릴 때부터 말에 대한 상처가 많아서인지 '말'에 관심이 많았다. 책도 읽고 강의도 접하면서 나름대로 사람들의 말을 관찰하고 연구하기 시작했다. 연구라고 해서 뭐 거창하지는 않지만, 말에 있어서 만큼은 늘 물음표를 던졌다. '왜 저렇게 말을 하지?'

그런 질문은 자연스럽게 말 공부로 이어졌다. 특히 상대를 전혀 배려하지 않고 무작정 내뱉는 말을 들을 때는 그 사람의 심리까지 들여다보려 애썼다.

좋은 배우자를 만나려면 모국어(어릴 때부터 듣고 자란 어머니나 주변 환경의 언어)를 살펴보라는 김창옥 교수의 강의를 들었다. 아이는 부모를 거울삼아 모든 것을 그대로 받아들이고 배우게 된다. 말투, 행동, 제스처 등 다 보고 따라 한다. 일상의 언어가 결국 그 사람의 모든 것이 될 수 있다는 것이다. 부모가 자녀를 대하는 방식이나 말 그릇은 어른이 되어서까지 많은 영향을 받는다. 좋은 부모 밑에서 자란 아이가 훌륭한 인성을 갖출 수 있음은 당연한 것처럼 말이다. 강의를 듣고 보니 남편이 조금씩 이해가 되었다.

시댁의 문화를 자세히 관찰했다. 보수적이고 가부장적인 아버지 밑에서 늘 대화가 없었다. 어머니를 대하는 아버지의 무뚝뚝한 방식을 보고 자란 남편은 아내인 나에게 어떻게 표현해야 할지 방법을 몰랐다. 물론 남편의 형들은 달랐다. 한쪽에 치우쳐진 유전자의 영향도 있을 터다. 어쨌든 공부하니 조금은 더 이해할 수 있었다.

자신이 주로 어떤 말을 하는지 사람들은 잘 모른다. 말에 대해 생각하지 않고 살기 때문이다. '말'은 곧 그 사람을 나타내는 도구이다. 나는 말이 전부라고 생각하는 철학을 가지고 산다. 저마다 말 그릇을 가지고 태어난다. 내면의 말 그릇을 다듬고 보살피면 그만큼 나의 언어가 삶의 질을 높여준다고 믿는다. 일상에서 자주 하는 말부터 다듬어 보면 좋겠다. 같은 말을 하더라도 다정하고 편안한 말투가 습관이 되어야 한다. 자녀를 걱정해서 하는 말도 순간 감정에 따라 기분 나쁘게 내뱉어질 때가 있다. 그런 말투와 억양은 스스로 조절하지 않으면 고쳐지기 어렵다.

사람의 외적 매력에는 유통기한이 있다고 한다. 반면 내면의 매력은 시간이 지날수록 더 가치 있게 드러난다. 예쁘게 말하는 사람은 상대의 자존감을 세워주고 긍정적인 감탄으로 상대를 기분 좋게 해준다. 명령하고 지시적인 언어를 사용하는 사람은 서로 존중하는 사이를 만들지 못한다.

결혼을 해봐야 진짜 어른이 된다는 말이 있다. 서로 다른 문화와 언어를 이해하지 못했던 20대의 결혼생활은 고단했다. 하지만 내가 말 공부를 할 수 있는 결정적 계기가 되었다. 상대의 입장을 한 번만 생각해 보고 말을 건네면 얼마든지 이해하고 소통할 수 있다. 감정의 날을 세우고 자기주장만 내세울수록 소통은 멀어진다. 사소한 일상의 언어가 인생을 좌우할 수도 있다는 사실을 잊지 않았으면 좋겠다.

"마음 깊숙이 꽂힌 언어는 지지 않는 꽃입니다." 이기주 작가의 《언어의 온도》에 나오는 말이다. 우리들의 마음에는 어떤 언어의 꽃이 피어나고 있을까.

관계를 재정립하기

　　엄마와의 관계가 좋지 않았다. 엄하고 무섭고 선뜻 다가가기 어려운 불편한 관계였다. 엄마가 큰 산이었다. 넘을 수 없고, 감히 오를 수도 없는 높은 산 말이다. 툭 터놓고 다 이야기할 수 있는 시간을 가져보지 못했다. 아직도 가슴 한쪽이 꽉 막혀있는 느낌이 든다. 반면에 무조건 지지해주고 따뜻한 시선을 보내 주었던 아빠와는 관계가 좋았다. 너무 일찍 돌아가셨지만, 아빠는 나의 존재 자체를 사랑해 주셨다. 내가 인생의 중요한 결정을 앞에 두고 있었을 때 아빠가 계셨더라면 성급한 선택을 하지는 않았을 듯하다. 고3 때 아빠가 갑자기 돌아가시고 나서 엄마와의 거리는 더 멀어졌다. 엄마는 혼자 자식을 키워야 했으니, 더 독해지기로 맘먹으셨는지도 모르겠다. 어쨌든 엄마와의 사이는 언제나 어색했다.

세상 모든 관계에는 나름의 법칙이 있다고 생각한다. 사람들의 성향이나 기준이 모두 다르겠지만, 서로가 관련을 맺고 있는 한 일정한 룰을 정해야 한다. 나는 그것이 부모와 자녀 사이에도 적용되어야 한다고 강조한다. 살면서 관계로 인해 힘든 경험을 했던 기억은 누구나 있을 것이다. 내 마음을 상대가 몰라줄 때, 나를 진심으로 대하지 않는다고 느낄 때, 내 생각을 지배하려고 할 때 등……다양한 상황과 경험으로 우리는 '관계'에 대해 공부하고 알아간다. 자녀가 성인이 되어서까지도 부모가 미치는 영향은 어마어마하다. 부모가 내게 심어준 교육 방법이나 가치관이 스며드는 것이다. 부모와 자녀에 대한 관계를 내 나름대로 정의해 보려고 한다.

첫째, 팽팽한 긴장감을 늦추지 않는 고무줄과도 같다. 한쪽에서 확 잡아끌면 일방통행이 되기 쉽다. 부모가 자녀를 소유물로 착각하는 경우가 그렇다. 부모 마음대로 늘였다 줄였다 하면서 자녀의 인생을 모두 개입하고 간섭하는 경우 관계는 점점 멀어질 수밖에 없다. 하나의 인격체로 받아들이기보다 강요하고 채찍질만 한다면 관계가 회복될 수 있을까? 나는 아직도 엄마를 원망할 때가 있고, 엄마를 이해할 수 없는 순간들이 있다. 나를 강인하게 키웠다는 생각보다는 엄마 입맛에 맞춰 엄마의 계획대로 키웠다는 생각이 지배적이다. 왜일까. 엄마와 털어놓고 말할 기회가 없었기 때문이다. 용기가 부족했다. 엄마가 내 곁에 안 계시고 나서야 알았다. 엄마가 나를 또 붙잡아 주기를 바랐다는 사실을…… 늘 엄마의 그림자 뒤에 숨어 있는 내가 싫어 몸부림쳤다.

부모가 생각의 주도권을 가져오려 해서는 안 된다. 각자의 방식을 대화로 풀어가야 한다. 부모가 꼭 양보해야 하고, 자녀는 반드시 부모 말에 순종해야 한다는 고정관념도 갖지 않았으면 좋겠다. 부모와 자녀 모두 서로의 인생을 응원하는 동반자로서 움켜쥔 힘을 내려놓는 것도 지혜로운 방식이다.

둘째, 일정한 거리를 두어야 하는 난로 같은 관계여야 한다. 너무 가까이에서 애달파하며 전전긍긍해서도 안 되고, 멀찌감치 떨어져 모른 척하며 살아서도 안 된다. 적당한 거리에 있을 때 더 돈독해지고 관계의 온도도 유지된다. 어떻게 부모, 자녀 사이에 재고 따질 수 있느냐고 반문할 수도 있겠다. 하지만 세상을 살면서 여러 난관에 부딪혔을 때 부모가 대신해 줄 수 있는 일은 전혀 없다. 생각하고, 판단하고 해결할 기회를 주어야 한다. 그래야 온전히 설 수 있는 자녀의 삶이 만들어질 것이다. 저절로 살아갈 힘을 길러주는 것이 부모의 몫이다. 지켜보고 스스로 해낼 때까지 아낌없이 응원하는 모습이 더 훌륭한 자녀로 성장할 수 있게 돕는 지름길이다.

오랫동안 엄마를 의지하고 살았다. 엄마가 말하는 대로, 시키는 대로 그렇게 살아야 하는 줄 알았다. 하지만 정작 내 인생의 문제가 닥칠 때 해결해 나갈 사람은 나 자신이었다. 당연한 진리를 너무 늦게 깨달았다. 나약한 자녀를 만드는 것도 부모의 태도에서 비롯된다.

셋째, '자존'의 개념이 중요한 사이가 바로 부모와 자녀 사이다. 자존이란 뜻풀이 그대로 자기 자신을 중하게 여긴다는 뜻이다. 나는 나 자신을 중요하게 생각하기보다 다른 사람의 눈치를 많이 봤다. 그런 내 모습은 습관이 되었다. 어릴 적부터 듣고 싶었던 말이 어쩌면 '네가 가장 소중해!'라는 말이었을지 모른다. '나는 착한 아이니까, 엄마 말을 잘 듣는 아이니까, 엄마를 화나게 해서는 안 되니까, 실수하면 큰일 나니까, 가만히 있으면 중간이라도 가니까……' 내가 주눅 들고 눈치 보며 했던 생각들이다. 가르치는 일을 하면서 알았다. 정말 소중한 존재는 '나 자신'이라는 것을. 그 사실을 알고부터 나는 내 아들들에게 자존에 대한 의미를 심어주었다. 결정적인 순간에 항상 자신이 소중하다는 것을 계속 말해 주었다. 성인이 되었을 때 유년 시절 부모에게서 들은 말이 전부라는 사실을 나는 잘 알고 있기 때문이었다.

부모와 자녀의 관계가 힘들게 느껴지는 것은 서로 더 많이 이해받기를 기대하기 때문이라고 한다. 내가 준 만큼 보상받고 싶고, 내가 귀하게 대해준 만큼 받고 싶은 것이다. 가깝고 소중한 관계일수록 모든 것을 해결해 주려고 한다. 자녀가 아프고 힘들 때 부모가 대신 아파하는 이유가 거기에 있다.

삶의 원동력을 주는 사람이 부모가 되면 좋겠다. 사회에서 만난 좋은 스승이나 멘토도 물론 중요하다. 하지만 그 다양한 역할의 주인공이 부모라면 금상첨화가 아닐까? 잘 해낼 수 있다고 믿어주고, 자신을 믿고 나아가라고 격려해 주는 사람이 부모라면 얼마나 든든하겠는가. 삶의 귀한 선택 앞에서 지지해주는 부모가 있다면 어떤 위기가 닥쳐도 잘 헤쳐나갈 수 있다. 세상이 원하는 성공보다 부모의 올곧음으로 지켜내는 성공이 더 의미 있다.

사람들은 대부분 완벽한 사람보다 편안한 사람을 좋아한다. 자녀도 마찬가지다. 지나치게 엄격하고, 필요 이상으로 완고한 기준을 가지고 있는 부모에게서 자녀는 마음이 멀어진다. 부모는 자녀를 길들이는 존재가 아니기 때문이다. 자녀를 존중하는 태도가 오랫동안 행복한 관계를 유지할 수 있게 한다. 완전한 부모가 되려 하지 말고 매 순간 아이를 알아가기 위해 노력하는 부모가 되어보자. 아마도 사는 동안 외롭지 않은 벗을 만나는 기분이 들 것이다.

말보다 행동으로

온통 뿌옇다. 베란다의 통유리창을 한참 동안 바라봤다. 베란다 방충망을 열어 손을 내밀어 본다. 하얀 눈이 빗줄기처럼 창문을 두드린다. 바람과 함께 날아 들어온 눈이 얼굴을 파고든다. 영하의 온도에 길쭉한 고드름이 주렁주렁 달렸다. 쓸어도 쓸어도 또 쌓이는 눈을 큰 밀대로 치우고 있는 경비아저씨의 모습도 보인다. 하늘에 구멍이라도 난 걸까? 멈추지 않고 눈이 폭탄처럼 쏟아져 내린다. 어젯밤부터 쉬지 않고 내린 눈이 가득 쌓이고 있다. 도로는 꽁꽁 얼어붙어 차들은 거북이처럼 느릿느릿 굴러가고 있다. 이렇게 눈 내리는 모습을 관찰해본 적이 얼마나 있었을까. 식탁 위에 앉아 자판을 두드려 보는 이 시간이 잠시 멈춰진 듯 평온하다.

아들들이 어렸을 때 단독주택에서 살았다. 두 아들을 데리고 아파트에서 살았다면 얼마나 스트레스를 받았을까? 생각만 해도 아찔하다. 부잡스럽고, 시도 때도 없이 뛰어다니는 녀석들을 통제하며 키웠다면 그렇지 않아도 삐쩍 마른 내 몸이 남아날 리 없었을 것이다. 또 층간소음 문제도 신경 쓰였을 터다.

옛날 일본식 주택이어서 불편한 점이 한두 개가 아니었다. 하지만 장점도 많았다. 아이들을 키우기엔 딱 좋았다. 우선 넓은 마당과 옥상이 있다는 점이다. 또 주택들이 모여있는 골목이 제법 넓어서 안전하게 공놀이도 하고 자전거도 타면서 맘껏 뛰어놀 수 있었다. 뛰지 말라고 잔소리 안 하는 엄마가 될 수 있게 해준 점이 가장 큰 장점이었다.

함박눈이 종일 내리던 주말이었다. 아들들은 뭐가 그리 좋은지 종일 집에 들어올 생각을 안 했다. 아이들은 놀 때 눈빛이 달라진다. 어쩜 그렇게 몰입할 수 있는지 표정이 압권이다. 발목이 푹푹 들어갈 만큼 쌓인 눈을 뭉쳐 눈사람을 만들었다. 자기들 모자를 눈사람에게 씌워주고, 장갑도 고스란히 내어준다. 난간도 없는 옥상 계단에서 썰매를 타는 모습을 보고 기겁해서 소리를 질렀다. 5학년인 옆집 아이가 여덟 살, 여섯 살인 아들들과 잘 놀아주니 좋았지만, 위험하고 거칠게 놀았다. 그래도 엄마 대신 놀아주는 형들을 잘 따르니 편했다. 아이들이 맘껏 에너지를 발산하고 오니 그걸로 됐다고 생각했다.

어둑어둑해진 시간에 처음 본 아주머니가 현관을 두드린다. "무슨 일이신가요?" 아주머니는 뜻밖의 소식을 알렸다. 아이들이 던진 눈 뭉치로 창문에 금이 갔단다. 세상에! 죄송하다는 말밖에는 할 말이 없었다. 배상해 드린다고 했더니, 아이들이 놀다 보면 그럴 수 있다고 이해해 주셨다. 깨지지 않은 게 천만다행이었다. 그냥 있을 수가 없어서 귤 한 봉지와 간식거리를 샀다. 아들들을 데리고 함께 다음 날 그 집으로 찾아갔다. 죄송하다고 진심을 담아 사과했다. 아이 키우는 엄마니까 앞으로도 서로 이해하자며 손잡고 웃었다. 다행이다. 아이 키운 죄인이 되지 않았으니 말이다. 참 고마운 이웃이었다.

아이들을 혼내려다가 마음을 바꿔 먹었다. 장갑, 모자, 장화, 외투 단단히 무장했다. "얘들아, 우리 눈사람 만들까?" 춥다고 방에만 있던 엄마가 놀아준다니 신이 났다. 옥상으로 올라갔다. 밤사이 다시 내린 눈이 수북이 쌓였다. 눈을 모아서 굴려 보았다. 생각보다 잘 뭉쳐지지 않았다. 아이들은 나보다 훨씬 빠르게 눈을 굴려 큰 덩어리로 만들었다. 작은 눈사람을 만들었다. 우리는 눈사람을 한껏 멋스럽게 꾸며주었다. 목도리와 모자를 둘렀다. 그리고 집에 있는 당근을 가져와 가운데 쿡 넣어 코도 완성했다. 기뻐하는 아들들 모습을 보니 많이 미안했다. 어린이집 아이들과는 잘도 놀아주면서 피곤하다는 이유로 제대로 노는 시간을 가지지 못했다. 코끝과 두 볼이 빨개진 아들들의 표정이 행복해 보였다. 옥상에서 내려가기 전 누가 더 힘이 센지 내기를 했다. 큰 눈 뭉치를 만들었다. 동시에 바닥으로 있는 힘껏 눈 뭉치를 던졌다. 눈은 퍽 소리와 함께 바닥에 붙었다. "얘들아, 눈이 뭉쳐지니까 엄청 힘이 세다. 유리창에 눈 던지면 깨질 수도 있겠지?"

어린이집을 운영할 때 눈이 오면 걱정부터 앞섰다. 차량 운행 여부를 판단해야 했다. 폭설이 내리면 응급상황이나 다름없었다. 대처해야 할 일이 많기 때문이다. 잠도 제대로 못 잔다. 새벽에 몇 번씩 베란다에 나가 눈의 양을 확인했다. 맞벌이 부모들은 특히나 눈이 와서 차량운행을 못 하면 그야말로 전쟁이다. 아이 맡길 곳도 없는데. 직장 출근 시간은 배 이상 걸리니까 말이다. 하지만 폭설이 내린 경우는 과감하게 결정을 내려야 한다. 밤사이 눈이 쌓일 때가 가장 곤란하다. 미리 운행이 어렵다고 단정 지을 수 없으니 말이다. 혹시 모를 사태에 대비해서 새벽에 일어나면 긴급문자를 만들어 놓는다. 긴급사항은 미리 전달해야 대처할 수 있는 시간을 벌 수 있다. 어쨌든 눈이 많이 내리는 날은 새벽부터 차를 끌고 출근을 서두른다. 어쩔 수 없다. 차를 가져가야만 어린이집 상황을 미리 점검할 수 있다. 빙판길 운전은 속도를 못 내니 미리 움직여야 한다. 어린이집 도착은 아침 6시, 깜깜한 새벽 같은 시간이다. 선생님들과 문자나 전화로 소통을 하고, 기사님들과도 대책을 세운다. 아이들의 안전! 그것만 생각했다. 하지만 예외의 상황도 생긴다. 맞벌이 부모 중 차가 없는 경우, 아이를 맡길 곳도 없으니 데리고 와야 한다.

초보 원장일 때는 아이의 안전만 생각했다면, 경험이 쌓이고 나서부터는 부모들의 입장까지 고려하게 되었다. 자가 운전하는 교사들과 의논해서 각 반의 급히 등원해야 할 아이들을 파악하고 태우러 간다. 내 차로 이동할 때도 많았다. 그때 지금보다 운전이 서툴렀지만, 용기와 배짱만큼은 두둑했다. 눈이 올 때마다 '아, 교사는 못 하는 것이 없는 만능이어야겠구나!'라고 생각하곤 했다.

눈이 내리면 마냥 좋았던 어린 시절, 그때로 다시 돌아가 보고 싶다. 아빠가 손을 잡고 끌어주면 나는 뒤에서 앉아 미끄럼을 즐겼다.

가만히 있어도 모든 걸 다 해결해 준 부모님을 당연하다고 생각했다. 그때는 내가 어른이 되리라고는 상상조차 하지 못했다. 운전을 하지 않아도 되고, 책임질 일도 없고, 돈 벌지 않아도 되고, 썰매를 끌어주지 않아도 되었다. 부모가 되고 교사가 되어보니 어른의 역할은 생각보다 쉽지 않았다. 말로만 가르칠 수 없고, 말로만 보여줄 수 없었다. 행동으로 모범을 보여야만 했다. 그래야 신뢰가 쌓였다. 어쩌다 어른이 되었지만, 우리는 그 몫을 다하고 산다.

다시 베란다를 바라본다. 자판을 두드리는 속도보다 더 빠르게 하얀 눈이 차곡차곡 쌓이고 있다. 훌쩍 자라버린 아들과 눈사람이라도 만들어 볼까.

습관이 된 감정 분석하기

'감정은 습관이다.' 책 제목이기도 한 이 문장을 봤을 때 적잖이 놀랐다. '감정이 습관이 된다? 감정은 스스로 절제하고 조절하는 거 아닌가?' 어떻게 습관이 될 수 있다는 말인지 이해하기 어려웠다.

그 말뜻을 이해하기 위해 책을 읽어갔다. 나의 감정을 들여다보는 연습이 필요하다고 했다. 조용하고 차분하고 말수가 없었던 내가 자연스럽게 습관이 된 감정을 떠올려 보았다. 그 감정은 바로 '절제'였다. 인내와 오래 참음으로 해석할 수도 있겠다. 그런데 참 아이러니하다. 극과 극의 감정은 늘 공존한다는 점이다. 감정을 절제한다는 것은 부정적인 감정(화, 분노, 짜증 등)을 억누르고 살았다는 결과로도 말할 수 있다. 감정을 적절하게 표출하는 것이 정신적으로 건강한 삶을 사는 것일 터다. 하지만 내 안의 감정을 인식하지도 못한 채 꼭꼭 숨겨두기만 한다면 어떻게 될까. 누구든 좋은 감정과 부정적인 감정이 수시로 반복되는 과정을 겪는다. 그럼에도 주로 나를 이끄는 감정이 무엇인지에 따라 삶의 질이 달라질 수 있다는 사실을 알게 되었다.

사람들은 나를 보면 왠지 모르게 우수에 차 있는 사람 같다고 말하곤 했다. 표정에서 쓸쓸함, 외로움, 고독이라는 단어가 떠오른다고 했다. 그런 이야기를 자주 들은 후, 나의 표정을 유심히 살펴보게 되었다. 나의 숨겨진 감정이 어떤 것인지 정확히는 몰랐다. 하지만 유쾌하고 기분 좋은 감정이 많지는 않았다. 잘 웃지도 않았고, 어두운 기색이 가득했다. 어딘가 모르게 긴장과 두려운 표정이 그늘져 있었다. 매사 정확하게 일을 처리하기 위해 애쓰며 살았다. 실수하지 않으려고 완벽에 가깝게 나를 옭아맸다. 이러쿵저러쿵 뒷소리가 듣기 싫었기 때문이다. 다른 사람에 비해 모든 면이 느리다는 것을 알았기에, 미리 준비하고 서두르는 습관이 있었다. 조급함도 있었던 셈이다. 그런 습관은 지금도 여전하다. 장점이기도 하지만, 한 가지 아쉬운 점은 나의 기준대로 모두가 그렇게 완벽하기를 기대하는 마음이었다. 그렇게 타고난 성격이 타인을 바라보는 기준이나 편견이 될 수도 있음을 점차 알아가고 있다.

《심리학이 분노에 답하다》라는 책을 우연히 접하게 되었다.

사람들의 심리를 다룬 책이라서 일단 관심이 생겼다. 내 안의 숨겨진 다양한 감정이 무엇인지 알고 싶었다. 읽다 보니 단순히 분노라는 감정만 공부하는 것이 아니었다. 분노는 '사랑에 대한 호소이며 관계에 대한 갈망'이라고 정의되어 있었다.

보통 아이를 사랑하는 부모에게도 쉽게 보이는 감정이 바로 '분노'다. 걱정하고 염려하는 마음이 분노로 표출되는 것이다. 부모가 자식을 사랑하고, 안전하게 잘 지내고 싶은 욕구가 격한 감정으로 표현된다. 자기 자신에게 기대가 큰 부모일수록 자녀에게 더 큰 기대를 요구하는 것이다. 결국, 부모 안에 있었던 나약함이 부정적인 감정으로 연결된다고 볼 수 있다.

집안 분위기는 자녀에게 금세 전염된다. 부모가 늘 아픈 모습을 보고 자라면 아이의 감정은 금세 우울하고 슬픈 상태로 젖어든다. 반면에 부모가 즐겁고 생기가 넘치면 아이도 활기차게 생활할 수 있다.

여섯 살 지민이가 생각난다. 엄마가 급성 췌장암으로 갑작스레 일찍 돌아가시게 되었다. 엄마와 이별했다는 것도 모르고 환하게 웃고 있는 아이를 보는 어른들의 마음은 미어졌다. 그런데 장례를 치르고 등원했을 때 아이의 모습에서 어두운 기색이 사라졌다. 항상 엄마의 고통을 보고 힘들어했던 아이가 순간이나마 밝아진 것이다. 아직 죽음이 뭔지도 모르는 나이라서 어쩌면 당연했다. 힘들고 불편한 일을 겪으면 아이의 내면에 어두운 그림자가 쌓인다. 한 달이 지나자 비로소 지민이는 엄마를 더 이상 볼 수 없음을 알았던 것일까. 등원을 거부했다. 겨우 눈물을 그치고 친구들과 놀다가도 할머니를 찾았다. 얼마나 엄마가 보고 싶을까. 그 아이의 마음을 어찌 다 알 수 있을까. 왜 이런 시련을 저 아이가 겪어야 하나, 마음이 짠했다. 아이를 달래고 또 달랬다. 사실 어떤 말로도 위로해 줄 수가 없었다. 엄마를 잃은 슬픔이 어른인 나도 감당하기 어려웠는데, 아이는 오죽했을까.

어릴 적 노심초사 걱정과 불안이 많았다. 엄마의 기분을 살피고 눈치를 보게 되니, 마음이 편할 때가 별로 없었다. 엄마는 자식이 전부라고 생각하며 우리를 키우셨던 듯하다. 모든 것이 완벽하기를 바라셨다. 잘 먹이고, 잘 입히고, 잘 가르치는 데 전념하셨다. 엄마가 우리를 위해 애쓴 것은 알지만, 과도한 통제력이 불러온 결과 남은 건 멀어진 마음의 거리였다. 자식에게 아낌없이 희생하는 모성애라는 이름 뒤에 '불안'이라는 감정이 숨겨져 있던 건 아니었을까? 부모의 삶에서 자녀가 전부일 수는 없다. 부모의 삶 없이 자녀에게만 기대하고 집착하는 것은 위험한 일이다.

나는 내 아이에게 감정을 어떻게 표현하고 있을까? 나 자신에게 질문을 던져 보았다. 엄마와의 불편한 관계를 온전히 해소

하지 못했기에, 자녀들과는 그때그때 잘 표현하고 싶었다. 어렸을 때는 무섭게 훈육했다. 나름 절제하며 감정을 조절한다고 했지만, 엄마에게서 받은 영향이 없지 않았다. 아이의 기질과 성향을 분석한 이후로는 내가 마음을 내려놓았다. 아이의 감정을 보듬어 주지 못하면 좋은 관계가 유지되지 못함을 공부하고 책을 읽으면서 깨달았다. 나와 엄마와의 관계를 돌아보면서 오랫동안 생각해 온 덕분이다.

내 아이와의 관계를 먼저 생각했다. 말 때문에 받은 상처를 대물림하고 싶지 않았다. 엄마의 화를 다스리지 못하면 자녀에게 부정적 감정은 알게 모르게 스며들게 마련이다. 화내지 않고 부드러운 말로 하려 노력했다. 또 편지로 아이들과 소통했다. 마음을 읽어주고 표현하는 내 나름의 방식이었다. 그런 우회적인 방법들이 아들들과 소통하는 도구가 되어주었다. 마음을 알아준다는 것은 감정을 읽는 것이다. 아이의 마음이든, 부모의 마음이든 감정 상태를 똑바로 직시할 수 있어야 한다.

주변 정리가 잘 되면 마음도 가볍다. 마음이 가벼우면 기분이 좋아지고 뭐라도 다 잘할 수 있을 것 같은 생각이 든다. 감정도 제 때에 정리가 필요하다. 해묵은 감정을 끌어안고 되씹고 고민하는 버릇은 나를 더 가두는 행위이다. 감정이 습관이 된 것처럼 감정을 분리하지 못하는 것도 습관이다. 과거의 아픈 상처에 계속 모든 생각과 기분을 연결하면 그만큼의 감정 소모도 많을 수밖에 없다. 늪에 빠지듯 나를 옭아매는 사슬에서 벗어나야 한다.

감정 쓰레기통 하나씩 장만해 보면 어떨까. 부정적인 감정을 다 쏟아낼 만한 나만의 무기를 곁에 두는 것이다. 나 자신의 마음을 먼저 살피는 것이다. 마음을 움직이려면 일단 몸을 먼저 움직여야 한다. 몸과 마음은 연결되어 있으니 말이다. 운동이나 취미 생활을 찾아 좋은 기분을 유지하는 방법을 찾아보자.

'나'를 사랑하기 위해서는 '나'를 편안한 상태로 만드는 일이 먼저다.

잘 들어야 잘 보인다

'경청'이란 남의 말을 귀 기울여 주의 깊게 듣는 것을 말한다. 그렇다고 단순히 듣기만 한다고 경청이 되진 않는다. 상대방이 전하고자 하는 말과 행동은 물론, 그 속에 깔려있는 감정에 귀를 기울이는 것이 진정한 경청이다.

\- 네이버 지식백과 -

경청, 우리는 얼마나 잘하고 있을까? 듣는 척만 하고 사는 것은 아닌지 나의 듣는 태도를 돌아본다. 평소 말에 대해 관심이 많다. 말을 공부하면서 잘 들어야 잘 말할 수 있음도 배웠다. 다른 사람의 이야기를 잘 들어야만 그 내용을 조리 있게 정리해서 다시 말해 줄 수 있다.

학창 시절에, 항상 노는 친구 같았는데 시험 점수는 높게 나왔다. 볼 때마다 놀랐다. 나중에서야 비법을 알았다. 수업 시간에 선생님의 말씀을 토시 하나 배놓지 않고 듣고 메모하는 것이었다. 그땐 잘 몰랐다. 선생님이 시험에 나온다고 강조하며 설명했어도 나는 간과하고 듣지 못했다.

빨리 빨리의 시대에서 경청은 한 걸음 늦출 수 있는 중요한 덕목이다.

서울에서 아들을 만나고 집으로 오는 길이었다. 지하철을 탔다. 역으로 가는 길, 밤 9시가 다 된 시간이었지만 사람들은 많았다. 지하철 안내 멘트만 들릴 뿐 조용했다. 그런데 젊은 남자 한 명이 경로석에 앉아 통화를 시작했다. 조금 하다 금방 끊겠거니 했는데, 점점 언성이 높아졌다. 신경이 곤두섰다. 들으려고 들은 건 아니지만, 조용한 공간에서 그 남자의 목소리만 들리니 저절로 귀가 쫑긋해졌다. 아마 여자친구와 다투는 것 같았다. 한참 조용하다가 계속 같은 말만 해댔다. 상대의 이야기를 듣는지 안 듣는지 똑같은 말로 화만 내고 있었다. "아, 그래서! 뭘 잘했다고 울어! 대체 왜 우냐고!······ 뭐가 미안한데?" 날카로운 목소리가 점점 지하철 안을 가득 메웠다. '아, 저럴 거면 내려서 통화를 하지, 매너 없이 저게 뭐 하는 거야!' 한마디 쏘아붙이고 싶었다. 속이 부글부글 끓었다. 나도 모르게 힐끗힐끗 그 남자를 쳐다보았다. 내가 가는 용산역까지는 아직 한참 남았는데, 기분을 망칠 수는 없었다. 경청 연습을 한다고 생각했다. 마음을 비우는 수밖에 없었다. 통화내용을 분석했다. 정확히는 모르지만, 어쨌든 화난 감정을 일방적으로 상대에게 쏟아내고 있었다. 나도 모르게 그 남자와 통화하고 있는 그녀(?)를 응원했다. '저렇게 당신의 이야기를 듣지 않고 함부로 말하는 남자와는 당장 헤어져요!'

"엄마가 몇 번 말했어! 미리미리 말해 달라고 했잖아. 도대체 엄마 말을 듣는 거야 안 듣는 거야?"

아이가 유치원 다닐 때부터 종종 했던 잔소리다. 바쁜 아침 시간에 준비물을 챙겨달라고 하면 난감했다. 출근은 해야 하고 마음은 급하다. 일단 아이를 혼내고 나면 금세 마음이 편치 않다. '가르치는 일을 하고 교육을 받으면 뭐하나. 실천도 못 하면서.' 자책하면서 출근했다.

어린이집에 가자마자 정신이 없다. 수업 준비뿐 아니라 차량과 전달 사항에 대해서 점검할 일이 많다. 출석 체크를 하고 이야기 나누기 수업을 하려고 앉았다. 주말을 보낸 이야기를 먼저 나누었다. 갑자기 형민이가 다급하게 나를 불렀다. "선생님, 어제 못한 퀴즈 놀이 먼저 한다고 했잖아요!" 불만이 잔뜩 섞인 목소리다. 형민이는 경쟁심이 강한 아이여서 게임이나 활동적인 수업을 좋아했다. 계속 그 시간만 기다리고 있었나 보다. "아, 맞다 미안해. 우리 그거 오후에 하자. 알았지?" 그리고 계속 수업을 이어갔다. 그런데 형민이는 한마디 덧붙였다. "아 진짜, 선생님은 맨날 우리 말 안 들어주고…… 우리 말 듣는 거야 안 듣는 거야!" 화가 많이 났나 보다. 내가 아무렇지 않게 넘어가니 더 짜증이 난 듯했다. 다른 때 같으면 아이를 불러서 예쁘게 말하라고 혼을 냈을 터다. 아침에 아들에게 화를 냈던 순간이 떠올랐다. 부끄러웠다. 미안하다고 달래줬다. 뜨끔했다. 아침에 내가 집에서 애들한테 한 말을 듣다니…… 잘 듣는 습관, 나에게도 부족했다.

자기 PR 시대다. 말을 하지 않으면 아무도 몰라준다. 그래서인지 지금을 살아가는 우리는 자기 말만 하는데 급급한 경향이 있다. 학교에서나, 가정에서나 같은 내용을 들었어도 듣고 싶은 이야기만 듣고 해석한다. 예를 들자면, "내일 아홉 시까지 학교 정문으로 모이세요. 궁금한 거 있는 사람!"하고 말하면 바로 메아리처럼 질문은 되돌아온다. "아, 근데 몇 시까지 모여요?" 제대로 듣지 않은 결과다.

아이들이 잘 듣길 바란다면 부모가 먼저 잘 들어줘야 한다. 어떻게 들어야 할까?

첫째, 충분히 들어주어야 한다. 아이가 막무가내로 자기 이야기만 하려 할 때가 있다. 그럴 때도 화내지 말고 "천천히 말을 하면 엄마가 들어줄게!"라고 달래야 한다. 아이는 부모의 모습을 보고 그대로 배운다는 사실을 기억해야겠다. 그리고 아이의 말을 끝까지 들어야 한다. 첫마디만 듣고 "알았어. 알았어! 알았다니까." 대체 엄마는 뭘 안다고 하는 걸까. 아이와의 대화가 쉽지 않은 것은 그만큼 인내심이 필요하기 때문이다. 충분히 들어야 아이의 마음을 들여다볼 수 있다. 제대로 들으면 보이지 않는 감정과 숨은 의도까지 알아차릴 수 있다.

둘째, 해결책을 제시하려 하지 말자. 아이의 이야기를 듣다 보면 마음이 조급해질 때가 있다. 특히 학교에서 선생님께 혼이 났다거나 친구와 다퉜다는 이야기를 들을 때다. 그래서 뭔가 해결책을 찾아주려고 애쓴다. 아이의 감정에 이입되어 무조건 결론만 빨리 얘기하라고 재촉하면 안 된다. 속상했다고 하면 "그랬구나, 속상했겠네." 기뻐한다면 "우와~ 좋았겠네." 이렇게 감정을 그냥 읽어주면 된다. 특히 화가 난 아이의 말은 일단 들어주는 것이 답이다. 그래야 대화의 첫 번째 관문을 넘어설 수 있다.

셋째, 다 들었다면 적절한 질문을 던져 보자. 끝까지 듣고 아이의 감정을 살폈다면 "이제 네 마음은 어때?" "네 생각대로 하고 싶어?" "어떻게 하면 좋을 것 같니?" 잘 들어야 제대로 질문할 수 있다. 질문은 중요하다. 질문은 생각을 끌어낼 수 있어야 하고, 스스로 답을 찾아갈 수 있도록 돕는 과정이니까 말이다.

말하기보다 듣기가 훨씬 어렵다. 고등학교 시절, 영어 듣기

테스트를 할 때 얼마나 귀를 쫑긋 세우고 들었던가. 만약 상대방의 이야기를 잘 듣기만 해도 점수를 받고 승진을 할 수 있다면 어떨까. 아마도 서로의 이야기에 적극적으로 귀 기울여 주지 않을까? 사람은 누구나 말하고 싶은 본능을 가졌다. 내가 이야기하고 싶을 때 누군가 내 이야기를 조용히 들어준다면 기분이 어떤가. 누구라도 내 이야기에 집중해 주는 사람을 좋아한다. 그래서 잘 들어주기만 해도 문제가 해결되고 마음이 편해짐을 경험했을 것이다. 남의 말을 경청하는 사람은 어디서나 사랑받는다. 듣는 것만으로도 그 사람에게서 배울 점이 있음을 알고 경청하면 겸손한 태도도 갖출 수 있다.

성공한 사람은 모두 다른 사람의 말을 잘 듣는 사람이었다.

선택과 집중, 주도적인 삶을 위해

부모가 아이들에게 선택하는 힘을 가르치는 일은 중요하다. 강요하고 다그치면 생각하고 판단할 기회가 사라진다. 부모가 자녀의 인생을 대신 살아줄 수는 없다. 스스로 느끼고 체험해야 독립심이 길러진다. 성취하는 기쁨을 맛보았을 때 비로소 주도적인 힘이 생긴다. 많은 부모가 자녀를 책임으로 키운다. 부모들에게 자녀를 잘 키우는 일은 인생의 중대 과업이라고도 말할 수 있을 것이다. 잘 키우기 위해서 무엇보다 중요한 부모의 역할은 조력자라는 사실이다. 모든 것을 다 해주는 것이 아니라 '해낼 수 있도록 돕는' 역할에 충실해야 한다.

2022년 재능기부를 했던 리더십 과정이 잘 마무리되었다. 어제는 크리스토퍼 리더의 밤 행사에 참여했다. 올해를 나흘 앞둔

송년의 밤이었다. 강사들과 수료한 선생님들이 한자리에 모였다. 바쁜 연말이라 많은 인원이 참석하진 못했지만, 의미 있는 시간이었다. 인생의 리더로서 생각과 삶을 정리하는 시간을 가졌다. 각자가 생각하는 크리스토퍼의 정의를 내리고, 2023년의 계획을 선언했다. 나의 새해 목표의 키워드는 '도약'이었다. 그동안 공부하고 쌓아온 나만의 콘텐츠로 한 단계 점프하겠다는 야심 찬 포부를 밝혔다. 우리는 어둠을 탓하지 않고 촛불 한 자루를 밝히자는 크리스토퍼 정신을 다시 떠올렸다.

크리스토퍼 강사로 활동한 지 딱 1년이 되었다. 분기당 한 기수가 수료한다. 나는 총 네 기수의 수강생을 만났다. 열정적으로 강의를 준비했던 지난 시간이 떠올랐다. 크리스토퍼 강의는 재능기부다. 아무 대가 없이 하는 일이지만, 강사들은 마음을 다한다. 처음엔 그들을 위해서 하는 일이라고만 생각했지만, 시간이 쌓일수록 나를 위해서도 가치 있는 일임을 실감하고 있다. 나의 영향력으로 인해 그들의 삶이 변화될 수 있다는 믿음이 확고해졌다. 직장생활을 멈추고 새로운 삶으로 나아가면서 선택한 일이었다. 나의 이야기에 빨려들어 열심히 듣는 수강생들의 눈빛에서 강사로서 소명 의식을 새겼던 귀한 한 해였다.

초보 교사 시절, 나는 주도성을 갖지 못해 후회했던 경험이 있다. 처음으로 학부모 참여 수업을 맡아 해야 할 때였다. 생각이 많고 예민한 성격 때문에 수업을 어떻게 할지 몇 날 며칠을 고민하다가 몸살이 왔다. 두통이 너무 심해서 뇌 CT 검사까지 받아볼 만큼 지독한 통증이었다. 잘해야 한다는 강박감이 나를 조여왔다. 잘하고 싶었다. 부모들 앞에서 내가 평가받는다는 생각에, 지나치게 신경을 많이 썼던 것 같다. 걱정과 생각이 많아 밤잠도 설쳤다. 근육통까지 겹쳐 꼼짝없이 쓰러졌다. 사흘이나 병가로 쉬었다. 부모님을 원으로 초대하는 행사 당일까지도 나가지 못했다. 결국, 그 두려움을 이겨내지 못했다.

비겁했다. 아프다는 것은 핑계였다. 당당히 맞서지 못했다. 완벽한 회피였다. 아무리 아파도 담임교사로서 최선을 다해야 했다. 나를 대신해 부담감을 안고 수업을 했던 부담임 교사에게 미안했다. 후회가 밀려왔다. 자책하고 한숨만 쉬었다. 그 일로 인해 나의 걱정과 불안했던 나약한 마음을 인정했다.

이대로 무너질 수는 없었다. '실수도 할 수 있는 거잖아. 수업을 더 열심히 연구해 보자.' 그 일을 만회하기 위해서라도 다시 힘을 내보기로 했다. 평소 수업 계획안도 부모 초대를 염두에 두고 가정하면서 썼다. 집에 와서는 부모들 앞이라 생각하고 수업을 시연해 보기도 했다. 항상 마음속으로 중얼거렸다. '아이들을 가르칠 때처럼 똑같이 하면 된다, 하면 된다……' 그다음 해 부모 참여 수업 날, 떨리지만 연습했던 대로 이야기 나누기 수업과 음악 수업을 진행했다. 수업이 끝나니 후련했다. 그렇게 하면 되는 거였다. 괜히 미리 걱정하고 두려워했던 지난 후회의 감정을 씻어냈다. 그 후부터는 학부모 앞에서 편하게 말하고 수업을 이끌어 갈 수 있게 되었다. 자신감이 생겼다. 주도성은 직접 부딪히면서 터득된다는 것을 깨닫게 된 경험이었다.

늘 소심했던 나는 무엇을 하든지 자신감 넘치는 친구들이 부러웠다. 숫기도 없고, 말주변도 없어서 나도 저렇게 당당한 사람이 되고 싶다는 생각으로 지냈다. 엄마가 되고, 유아 교사가 되어 아이들을 만났다. 교사와 학부모를 이끄는 리더로 살면서 나의 교육 철학은 스스로 할 수 있도록 능동적인 태도를 키우자는 신념이었다. 자신감 있는 아이로 가르치고 싶었다. 어린 시절의 나처럼 소심하고 쭈뼛거리는 아이가 보이면 달라지게 만들어 주고 싶었다. 그래서 더 배우고 공부했다. 주변 지인들에게 어린 시절의 이야기를 들려주면 믿지 못한다. 상상하기 어렵다고 말한다. 다양한 경험과 배움을 통해 자신감이 많이 회복되었다. 내 안에서 주도적인 힘이 나오기까지 오랜 시간이 걸렸다. 내성적인 아이의 주도성을 키우는 방법 세 가지를 안내해 본다.

첫째, 부모의 인내심이다. 부모와 아이 성향이 다를수록 더 노력해야 한다. 아이의 성향이 느리고 조용할수록 '빨리빨리'를 강요해서는 안 된다. 서두르고 싶어도 잘되지 않는 아이를 답답하다고만 하면 어쩌겠는가. 대신 아이를 믿어야 한다. 미리 고민하고, 앞서 염려하지 않았으면 좋겠다. 그대로 기다려주고 참고 지켜보는 힘이 필요하다.

둘째, 부모와 함께 체험하는 기회를 자주 만든다. 꼭 학습적으로 지식을 가르치려 해서는 안 된다. 그냥 아이가 그대로 보고 듣고 느낄 수 있는 시간을 함께 가지는 것이다. 예를 들어, 연극이나 공연을 보고 나서 아이에게 "넌 이걸 보고 뭘 느꼈어?"라고 질문하지 않는다. 그냥 그 순간 아이가 행복을 느끼면 되는 것이다. 꼭 뭔가를 주입식으로 가르치려 하지 말자.

셋째, 사소한 말과 행동에도 칭찬을 두 배로 해주자. 자신감 있는 아이들은 칭찬이 오히려 독이 될 때도 있다. 하지만 수줍음이 많은 아이는 호들갑스럽다 할 정도의 칭찬과 리액션으로 반응해주면 좋다. 용기 내어 시도해 본 것을 꾸짖으면 더 위축된다.

자기 주도성은 하루아침에 길러지지 않는다. 엄마 배 속에서부터 주도적인 힘이 있는 아이가 있을까? 단단한 힘이 길러지기까지 아이들도 많은 시행착오를 거친다. 두렵고 어색하다. 새로운 것을 받아들일 때마다 불안과 긴장을 마주한다. 그 마음을 찬찬히 살피고 또 기다려주어야 한다. 서두에서 말했듯이, 아이가 스스로 자기를 도울 수 있도록 돕는 조력자가 바로 부모라는 사실을 잊지 않았으면 좋겠다.

떠나보면 새롭게 보이는 것들

　카페에 왔다. 2층 안쪽 구석에 자리를 잡았다. 구석진 자리지만 앞 창문이 확 트여있어 좋았다. 가방을 열어 노트북과 마우스를 꺼냈다. 지금 읽고 있는 박웅현 작가의 《여덟 단어》 책도 꺼냈다. 내 옆에 대학생처럼 보이는 여학생 두 명이 앉아 있다. 각자 노트북과 태블릿 PC를 펴고 머리를 맞대어 의논하고 있었다. 아마도 새해의 계획을 짜는 게 아닐까? 궁금하던 찰나 그들의 대화 속에서 단서를 찾았다. 바로 여행계획이었다. 가서 뭘 구경할지, 뭘 먹을지, 숙소는 어떻게 할지……그녀들의 표정은 꽤 진지하고 심각하기까지 했다. 연말이니 새해 멋진 풍경과 먹거리를 찾아 떠나는 여행, 생각만으로 기분 좋아진다.

　네이버 클라우드에서 문자가 왔다. 〈3년 전 추억〉이라는 제목. 클릭해서 보니 큰아들과 일출을 보러 강원도에 갔을 때의 사진들이다. 사진밖에 남지 않는다는 말은 사실이었다. 훌쩍 떠날 수 있어 일상을 새롭게 보고 다시 힘을 냈던 그 순간으로 돌아가 본다.

문득 떠나고 싶었다. 아들들과의 여행, 꼭 해야지, 마음만 먹었다. 둘째를 포함한 셋이서 가는 여행은 다음에 가기로 하고, 큰아들과 단둘이 떠났다. 늘 일에 찌들었던 나에게 새로운 활력이 필요했다. 12월 30일에 간단히 짐을 챙겨 KTX를 타고 서울로 갔다. 신림동에 있는 아들 자취방에서 하룻밤을 묵고 새벽에 일어나 출발했다. 우리의 여행지는 강원도 속초였다. 새해맞이를 나흘 남겨두고 즉흥적으로 결정한 일이라 렌트, 숙소, 먹거리 등을 아들에게 맡겼다. 강원도에 도착하자마자 막국수와 수육을 먹었다. 맛집을 찾은 아들의 검색 능력에 감탄하며 엄지척했다. 그리고 다음으로는 속초 바닷가를 거닐었다. 청명한 하늘 아래 겨울 바다는 유난히 반짝거렸다. 푸른 남색 빛으로도 보이고, 진한 초록색 같기도 한 바닷물이 떼창을 하는 듯했다. 파도가 넘쳐서 내게로 달려드는 것만 같아 어린아이처럼 소리 질렀다. 카메라 앵글에 사진과 영상을 담아본다. 속이 뻥 뚫렸다. 저녁을 먹고 호텔에서 음악영화를 봤다. 아들과는 의미 있는 인생 영화를 꼭 같이 보곤 한다. 자연스럽게 아들의 예술세계에 대해 진지한 대화를 이어갈 수 있었다.

새해 첫날, 아들과 둘이서 해돋이를 보기 위해 호텔 로비로 나갔다. 일출이 다가오니 괜스레 두근거렸다. 많은 사람이 모여 새해 처음으로 떠오르는 둥근 해를 초조하게 기다렸다. 드디어 수평선 아래에서 붉은 빛이 훅 떠올랐다. 다 솟아오르지 않은 작은 빛만으로 바다는 태양 빛으로 물들었다. '아, 이래서 사람들이 일출을 보는구나.' 자연이 주는 힘을 느끼니 새로운 에너지가 내 안에 심어졌다. 새해 건강과 평안을 떠올렸다. 아들과 함께 보는 일출, 우리의 희망이 하나의 점이 되어 선명하게 나타나는 듯했다. 붉게 떠오르는 태양을 뒤로하고 찍은 사진은 한 편의 드라마 배경보다 멋졌다.

언제 이렇게 많이 컸을까, 어엿한 성인이 된 아들과 일출을 보고 있는 시간이 꿈같았다. 새롭다는 느낌은 항상 희망을 품게 한다. 나는 엄마로서 몇 점 정도를 줄 수 있을까. 최고로 좋은 것을 주지도 못했고, 종일 함께 해준 기억도 별로 없다. 그래서 늘 미안한 마음 품고 살았다. 하지만 스스로 해볼 수 있도록 끊임없이 지지해 준 엄마라는 사실은 틀림이 없다. 그때 아들 나이(스물여섯)에 나는 엄마가 되었다. 아이를 위해 열심히 살았다고 생각했지만, 나를 위해 최선을 다한 시간이었다. 그 모습을 아이가 바라봐 준 덕분에 아들과의 여행도 즐길 수 있었다.

3년 전 남편도 둘째와 처음으로 동남아 해외여행을 떠났다.

이유는 딱 하나. 단체 여행비가 저렴하다는 것! 절약이 몸에 밴 남편답다. 어쨌든 내가 큰아들과 단둘이 여행을 가니 은근히 부러웠나 보다. 내가 속초 여행을 다녀온 것처럼 즉흥적으로 결정했다. 3박 5일, 베트남 다낭으로 가는 패키지 일정이었다. 독감에 걸려 꽁꽁 싸매고 있는 나를 두고 기어코 여행을 간다니 내심 못마땅했다. 하지만 아들과의 여행이 주는 힐링이 어떤 것인지 알기에 잘 다녀오길 바랐다.

민석이는 여행 중에 카톡으로 사진을 계속 보내줬다. 베트남은 여름 날씨라서 무덥고 힘들다고 했다. 하지만 아빠와 가는 첫 여행이라 즐거운 모습이다. 사진은 추억을 선물해 준다. 잘 웃지 않던 남편의 모습이 환하다. 부자의 다정한 모습을 보니 훌쩍 떠날 수 있는 자녀와의 여행은 꼭 필요하다고 느꼈다.

"아빠, 유치원으로 퇴근하세요."라는 제목으로 행사를 기획한 적이 있다. 한참 인기 있었던 예능 프로그램 〈아빠, 어디가〉라는 제목에서 아이디어를 얻었다. 평소 바쁘게 직장생활하는 아빠들을 위해 자녀와 함께하는 시간을 갖게 해주고 싶었다. 교사들은 다양한 프로그램을 준비했다. 먼저 초대장부터 만들었다. 원에서 가정으로 보낼 멋진 초대장의 문구는 내가 만들었다. 아이들이 손수 귀엽게 만든 소원 편지도 야외정원에 있는 나무에 매달았다. 아빠의 발을 씻겨주는 세족식, 아빠와 함께 즐기는 골

든벨 퀴즈, 야외에서 즐기는 촛불 행사 등이었다. 워낙 큰 행사라서 준비해야 할 일이 많았다. 하지만 특별한 이벤트는 아이들에게 잊지 못할 추억이 될 수 있음을 알기에 즐겁게 준비했다. 초대에 응해주신 아빠들을 위해 원에서 준비한 식사를 먼저 대접했다. 세족식을 위해 각 반에서 기다리고 있었던 아이들은 특별한 시간을 보냈다. 여리고 조용한 딸들은 아빠를 보자마자 울음을 터뜨리기도 했다. 발을 보드득 문지르는 아들에게 어떤 아빠의 "~야, 가만히 씻겨줘. 안 그러면 때 나와!"라고 속삭이는 말에 모두가 빵 터졌다. 평소 아이들과 잘 놀아주는 아빠들과 그렇지 못한 아빠들의 표정이 확연히 달랐다. 마지막으로 행사의 하이라이트는 촛불 행사였다. 그 시간은 내가 마이크를 잡았다.

"촛불에 비친 우리 아이들의 눈빛이 보이시나요? 아이에게 가장 큰 선물은 함께 있는 시간입니다. 바쁜 지금을 살아가는 아버님들, 아이들은 생각보다 훨씬 빨리 자랍니다. 자녀와의 교감을 즐기는 이 순간이 가장 귀하고 행복한 여행임을 잊지 마시길 바랍니다."

글을 쓰다 가져온 박웅현의 책을 폈다. 《여덟 단어》라는 책은 나에게 편안한 친구 같은 책이다. 작가의 경험과 지식을 어쩌면 그렇게 잘 연결했을까. 다소 어렵고 무거운 철학 이야기도 인문학으로 잘 풀어냈다. 그중 하나의 단어 '견(見)'. 보는 힘의 중요성에 대해 딸에게 건네는 말을 읽었다.

"이 도시를 네가 3일만 있다가 떠날 곳이라고 생각해. 그리고 갔다가 다신 안 돌아온다고 생각해 봐. 파리가 아름다운 이유는 거기에서 3일밖에 못 머물기 때문이야. 그러니까 생활할 때 여행처럼 해." 작가의 자녀교육 철학이 담겨있었다. 어디에 가든 생활을 여행하듯 바라보는 습관이 좋은 삶을 만들어 준다는 생각이 들었다.

부모가 자녀를 위한다면 함께하는 시간을 대수롭지 않게 여겨서는 안 된다. 짧은 시간이라도 같이 있는 시간을 애틋하게 여기면 좋겠다. 멀리 여행을 떠나야만 추억을 쌓는 것은 아니지만, 자녀의 마음을 더 깊이 들여다보고 싶을 때는 어디든 훌쩍 떠나보는 경험이 필요하다. 그 경험이 낯설지만, 새롭게 보고 마음을 여는 연습이 될 수 있다. 늘 있던 자리를 벗어나 잠시라도 새로운 시선을 담고 온다면 좋은 기억이 쌓인다. 그 기억이 인생의 힘든 순간을 이겨낼 수 있는 선물이 될 수 있을 것이라 확신한다.

그녀들의 여행은 어떻게 펼쳐질까 궁금해진다.

부모가 가져야 할 육아 철학

"작가님, 챗 지피티(Chat GPT) 아시죠? 그거 진짜 신기했어요. 말만 하면 척척 답을 해주던데요? 굳이 글 쓸 필요 있을까요? 사람들이 책도 읽지 않는데……."

대학원 공부를 이제 막 시작한 강사님이 챗 지피티를 활용해보고 신기루를 접한 듯 흥분하며 말했다. 내가 작가라는 사실을 알기에 슬쩍 내 눈치를 살피며 말꼬리를 흐렸다. 작가로서 자존심을 지키고 싶었다. 주눅 들어서 답변을 못 하면 안 되겠다 싶어 나도 힘주어 말했다. "강사님, 물론 기계가 다양한 정보를 뱉어낼 수는 있겠지요. 하지만 기계가 정말 인간이 느끼는 섬세하고 아름다운 감성을 글로 표현할 수 있을까요?"

사실 챗 지피티 특강도 듣고 활용도 해보면서 나도 처음엔 힘이 빠졌다. 노트북 화면이 순식간에 가득 채워졌다. 어떻게 질문을 하느냐에 따라 조금씩 다른 답변과 정보를 막힘없이 서술했다. 나는 많이 써봐야 두 문장을 쓰면 자판 위의 손가락이 멈춰지는데, 챗 지피티는 달랐다. 적어도 자기가 아는 모든 데이터를 총동원해 내가 알고 싶은 지식을 쉴 새 없이 펼쳐냈다. 영어와 우리나라 말이 계속 번역되며 현란하게 움직였다. 그 모습을 보니 마치 기계문명이 나를 가두고 꼼짝 못 하게 하는 느낌마저 들었다.

급변하는 시대다. 교육제도나 경제, 환경 분야 등 곳곳에서 빠르게 변화하고 있다. 세상이 변했다고, 말도 안 되는 세상이라고 아무리 소리쳐도 소용없다. 우리는 현실을 직시해야 한다. 하루가 다르게 쏟아지는 정보에 현혹되고 있다. 클릭 한 번으로 다양한 콘텐츠를 볼 수 있는 편리함이 넘쳐나는 세상이다. 어디 그뿐인가. 스마트폰 하나만 있으면 어디에 가서 무엇을 하든 웬만한 일은 다 해결할 수 있는 시대가 되었다. 반면, 그런 간편함을 무기 삼아 쉽고 편하게 살아도 된다고 유혹한다. 우리의 생각을 마비시키는 악순환이 계속되고 있다. 한마디로 나만의 생각을 정립할 시간이 없다는 점이다. 문제가 심각하다. 손가락 한번 잘못 까딱하면 내 정보가 온 천하에 다 드러나 버리는 세상이다. 눈 뜨고 코 베어 간다는 옛말이 그대로 재현되는 듯하다. 중요한 것은 그렇게 빠르게 변하는 세상 속에서 우리 아이의 미래를 찾아야 한다는 사실이다. 흔들리지 않고 이 세상을 살아갈 수 있도록 부모가 중심을 잡고 버텨야 한다. 이 책을 읽는 모든 부모에게 반드시 가졌으면 하는 육아에 대한 나의 철학을 나누고자 한다.

첫째, 부모의 열등감은 대물림된다는 사실을 잊지 말자.

가장 쉽게 무너질 수 있는 인간의 본성은 '비교'에서 비롯된다. 어른이 되어서도 다른 사람과의 끊임없는 비교로 인해 자신의 삶을 주도적으로 살아가지 못하는 사람들이 있다. 바로 내재된 열등감에서 비롯되는 비교 습성이다. 심리학 용어 중 '살리에리 증후군'이라는 말이 있다. 주변의 뛰어난 인물 때문에 느끼는 열등감, 시기, 질투심 등의 증상을 이르는 말이다. 영화 <아마데우스>를 재미있게 본 기억이 있다. 또 뮤지컬로도 보면서 배우들의 연기력과 노래 실력에 감탄하며 봤다. 모차르트의 생애를 다룬 이야기, 천재의 삶도 마냥 좋은 것이 아님을 느끼기도 했었다. 평생을 모차르트의 천재성을 보며 질투심에 시달렸던 살리에리의 모습을 보면서 나의 감춰진 열등감도 떠올려 보았다.

부모들도 자녀를 키우면서 한 번쯤 이 증후군에 시달린 적이 있지 않을까? 아니 어디 한 번뿐이겠는가. 주변에 나와 비슷한 연배의 친구나 지인의 자녀를 내 아이와 비교한 적은 없는가. '건강하게만 자라다오.'라고 속삭인 말을 금세 잊어버린다. 그러면서 공부 잘하고 사회성 좋은 남의 아이들을 부러워하기도 한다.

급기야는 내 아이를 한심하게 느꼈던 적이 없는가 말이다. 비교하자면 끝이 없다. 부모가 씻어내지 못한 열등감이 있을 때 아이에게도 꽤 무거운 영향을 끼친다. 나는 엄마가 이루지 못한 꿈을 대신 강요받으며 자랐다. 엄마는 자녀들의 존재 자체보다는 상황이나 결과에 연연했다. 엄마가 원했던 공부 잘하는 아이가 되기 위해 심각한 열등감에 시달리며 학창시절을 보냈다. 오랜 시간 강박적으로 긴장하며 지냈다. 자녀를 있는 그대로 인정하고 비교하지 말자. 비교는 부모와 아이들의 삶을 통째로 갉아먹는 악습관이다. 부모의 열등감! 극복할 수 있다.

둘째, 자율성과 책임감을 길러주는 일이 우선이다.

"육아의 궁극적인 목적은 자녀의 독립에 있습니다." 오은영 박사가 건네는 조언 중 가장 와닿았던 말이다. 독립이라는 말은 여러 의미가 담겨있겠지만, '홀로서기'라고 말하고 싶다. 물리적인 거리가 독립이라고 말할 수는 없다. 어떤 상황에서도 자신이 원하는 일을 스스로 선택할 수 있는 '생각'이 바로 독립이다. 그리고 그 일에 끝까지 책임지는 사람이 될 수 있을 때 부모에게서 독립이 이루어진다. 정신적인 진짜 독립 말이다. 그렇게 되기까지 상당한 시간을 부모가 지켜봐 주어야 한다. 먼저 허용범위를 정해야 한다. 나는 허용적이지 않고 지나치게 금지만을 강요한 엄마 밑에서 자랐다. 스스로 선택한다는 말이 어떤 의미인지 몰랐다. 그래서 내 아이에게는 규제 대신 자유를 주었다. 하지만 제대로 부모 공부를 하기 전까지는 거의 방임에 가까웠다. 자유를 무조건적인 허용이라고 잘못 이해했기 때문이다.

자율성이란 자기 스스로 정한 원칙을 통제하고 절제하는 힘을 뜻한다. 그 힘은 먼저 부모가 충분히 허용해 줄 수 있을 때 발휘된다. 느긋한 마음으로 지켜봐 주면 자녀는 부모가 자신을 사랑하고 있다고 느낀다. 그리고 자기 자신을 조절할 수 있게 된다. 자녀와의 소통이 원활하지 않다고 느낀다면 지나치게 통제하며 키우진 않았는지 돌아봐야 한다. 기억하자! 충분한 허용은 독립성을 갖추는 데 먼저 필요한 요소다.

셋째, 부모가 자기를 계발하는 과정이다.

이 책에서 나는 '부모의 삶 자체가 자녀교육의 전략이다.'라고 강조했다. 부모가 어떤 삶을 꿈꾸며 나아가고 있는지 자녀가 알 수 있도록 계속 대화하면서 마음을 열어야 한다. 부모의 자기계발이 무슨 육아의 철학이냐고 반문할 수도 있겠다. 하지만 급변하는 시대를 살아가야 하는 자녀들과 소통할 수 있으려면 부모가 깨어 있어야 한다. 자녀들이 분별력 있는 삶을 살 수 있도록 부모부터 옳은 것을 향해 우직하게 나아가야 한다. 물질만능주의에 치우치고 쉽게 흔들리는 세상이다. 중심 잡고 살아갈 수 있는 마음, 바로 판단할 줄 아는 힘이다. 물론 하루아침에 길러질 수 있는 것은 아니다. 부모가 배우고 공부하며 다음 세대를 끊임없이 탐구할 때 자녀와 머리를 맞대고 살아갈 방향을 설정할 수 있다.

우리는 지금 불안의 시대에 살고 있다. 시대가 주는 불안을 온전히 떨쳐버릴 수는 없을 것이다. 하지만 부모가 단단한 믿음이 있다면 문제 될 것이 없다. 바로 '나는 최고의 부모다.'라는 믿음이다. 온전한 사랑을 주고도 자꾸 부모 자신의 탓으로 여기지 않았으면 좋겠다. 앞서 말한 바와 같이 세상은 급속도로 변화하고 있다. 자녀들이 자신을 가장 사랑할 수 있는 존재로 거듭나게 도와주자. 부모 자신을 더 아끼고 있는 그대로를 사랑하면서 말이다.

미안해하지 않아도 된다

일과 육아, 두 마리 토끼를 다 잡을 수 있을 줄 알았다. 막 걸음마를 뗀 큰아이를 시어른들께 맡겨두고 직장에 나갔다. 내 나이 스물여섯이었다. 그때부터 25년 동안 직장인으로, 일벌레로 살았다. 20대 중반부터 50대 초반까지 쉼 없이 달렸다. 누가 뭐래도 교육자라고 자부하며 살아온 시간이다. 하지만 자녀의 인생을 위해서도 치열하게 살았냐고 묻는다면 조용히 고개를 떨굴 수밖에 없다. 두 마리 토끼를 잡으려고 하면 할수록 아이에게 미안함과 죄책감만 커졌다.

여자답게 살아야 한다는 말을 많이 듣고 자랐다. 내가 타고난 시대가 그랬다. 고분고분하게 말 잘 듣고 얌전하고 착해야 한다는 고정관념이 강했다. 어린 시절 내 이미지는 딱 그랬다. 남자들과 경쟁해 본 경험이 없었으니, 불합리하다거나 불공평을 느낄 만큼 인생의 빅이슈 또한 없었다. 여중, 여고를 졸업했고, 대학에서도 온통 여자들 무리였으니 그럴 만도 하다. '천생 여자'라는 소리를 자주 들었다. 어른들에게 그런 소리를 들을 때마다 '여자는 항상 조용하고 얌전한 존재구나!'라고 생각할 뿐이었다.

숫기 없고, 내성적이고, 여성적이었던 나는 결혼 후 조금씩 달라지기 시작했다. 남편과 나의 생활방식이 완벽히 다를 수 있다는 사실에 적잖이 놀랐다. 그런 생각의 차이는 다름 아닌 가정의 전통이고 문화였다. 남편의 생각과 행동은 지나치게 보수적이고 가부장적인 시아버지를 그대로 닮았다는 걸 알 수 있었다. 나는 남자 형제(오빠와 남동생)와 자랐다. 하지만 오히려 여자를 보호하고 아껴주는 아빠의 영향을 받았기에, 늘 희생만 하는 시어머니의 모습이 낯설었다. 남편은 '보통 남자'의 성격을 골고루(?) 갖춘 사람이었다. 단순했다. 복잡한 것은 딱 질색이었다. 섬세한 감성 따위는 사치스럽다고 생각하는 사람이었다. 그랬다. 생각하고, 말하고, 행동하는 방식이 나와는 전혀 달랐다. 자라온 모든 환경이 확연히 차이가 났다. 다름을 인정하기까지 오랜 시간이 흘렀다. 이해하기보다 그냥 수용했다. 가정의 평화를 위해서.

결혼은 여자와 엄마로서의 정체성을 찾기 위해 고군분투하게 된 내 인생의 큰 사건이었다. 육아가 시작되면서부터 남녀의 불평등은 부(父), 모(母)의 양육방식에도 꽤 많은 차이가 있음을 알게 되었다.

출산과 동시에 여자가 아닌, '엄마'라는 갑옷이 입혀졌다. 엄마를 '아이를 키우는 사람'이라고만 정의할 수 없다. 아이에게 우주가 되어주는 사람이 바로 엄마다. 아이에게 생기는 작은 변화에도 모든 신경이 맞춰지는 사람이 엄마다. 물론 아빠가 신경을 쓰지 않았다는 말은 아니다. 하지만 아이가 아프면 본능적이고 감각적으로 아이를 안고 뛰어가는 사람이 누구일까. 내 몸에 열 달을 품고 있었기에, 몸이 즉각적으로 반응하는 것은 어쩌면 당연하다. 첫 아이를 낳았을 때 내 몸은 휘청거릴 정도로 체력은 바닥이었다. 아이를 어떻게 안아야 하는지도 모르는 초보 엄마였다. 솔직히 말하면 이유 없이 밤새 울어대는 아이가 마냥 사랑스럽지는 않았다. 보이지 않는 이 막연함, 언제 끝이 날까. 문득 아이의 세계가 궁금했다. 도대체 저 작은 생명체는 무엇을 원하고 있는 걸까. 엄마가 되었다는 사실이 실감 났다. 나의 작고 여린 체구에도 어느새 견고한 멘탈 스위치가 장착되었다. 겨우 잠든 아이의 모습은 세상 평온하고 사랑스러웠다. 꼼지락거리는 작은 몸짓 하나가 다시 나를 일으켜 세웠다. 먹고 자고 싸는 일을 반복하는 신생아. 내가 그 힘없는 아이의 보호자라는 사실이 두렵기도 했다. 하지만 그 순간이 엄마로서 가장 행복한 시간이었음을 이제야 고백할 수 있게 되었다.

아들 둘을 낳았다. 세 남자(?)와 고군분투하며 육아와 일을 병행했다. 남편은 육아에 직접적인 도움을 주지 못했다. 아이가 기분 좋을 때 잠시 놀아주고 예뻐해 주는 게 끝이었다. 왜 똑같이 일하고 육아는 엄마인 내 몫이 많은 걸까. 그래도 엄마니까 당연하다고 생각하며 지냈다. 말 그대로 나는 슈퍼우먼이었다. 사회생활과 가정생활 두 관문에 허덕이면서 내 안의 사랑스러운 토끼 대신, 힘센 호랑이 하나를 심어두었다. 일과 육아, 두 가지를 잘 흉내 내기 위한 나만의 전략이 저절로 만들어졌다. 직장에서는 엄마라는 이유로 해야 할 일을 미루거나 소홀히 할 수는 없었다. 마찬가지로 집에서 일하는 엄마라고 티를 낼 수도 없었다. 교사라는 업무가 연속이었다. '엄마'라는 직위로 오랜 기간 연장 근무를 한 셈이다.

많은 학부모를 만났다. 한참 육아에 지치고 힘들어하는 시기의 학부모들이기에, 육아에 대한 고충을 들었다. 한 엄마가 육아를 도와주는 남편이 있어 고맙다는 말을 한 적이 있다. 나는 그 말을 듣고 깜짝 놀랐다. 내가 아이를 키울 90년대에 비해 20년이나 세월이 흘렀지만, 변한 게 없다는 생각이 들어서였다. '도와준다.'라는 표현은 잘못되었다. '함께한다.'라고 표현해야 맞다. 육아는 엄마 아빠가 동시에 책임을 지는 일이지, 일방적인 한 사람만의 주된 역할은 아니기 때문이다. 거듭 말하자면 육아는 부부가 당연히 함께하는 일이다. 시대가 달라지고 있다. 요즘은 아빠들도 분담해서 육아에 신경을 많이 쓰고 있다. 하지만 여전히 가부장적인 사고방식이 다 사라지지는 않았다.

이 세상의 모든 엄마에게 당당하게 전하고 싶다. 자녀에게 더 이상 미안해하지 않아도 된다. 이 책을 집필하면서 서투르지만 최선을 다했던 육아의 시간을 회상해 보았다. '최선'이라는 말을 함부로 써서는 안 된다는 것을 안다. 그럼에도 나는 최선을 다했다고 떳떳하게 말할 수 있다.

아이를 키우면서 가정마다 각각의 상황과 사정은 다를 것이다. 나는 일하는 엄마였다. 종일 아이 곁에 있었다고 해도 늘 친절하고 좋은 엄마일 수 있었을까? 곧바로 고개를 젓는다. 오히려 나의 정체성을 찾기 위해 일을 놓지 않은 것이 아이와의 좋은 유대관계를 만들었다. 완벽을 내려놓으니 빈틈 있고 편안한 엄마가 되었다. 그러면서 아이의 뜻을 더 존중할 수 있게 되었다.

일과 육아를 병행하는 엄마들이 사회에 미치는 영향도 높게 평가해야 한다. 가정과 사회를 더 역동적으로 만들고 있지 않은가. 어디 일하는 엄마만 그런가? 육아를 직업으로 하는 엄마들을 보라. 가정에서 남편과 아이들 스케줄에 맞춰 5분대기조로 살고 있진 않은가 말이다. 엄마라는 명함은 생각보다 큰 위력을 발휘한다. 스스로 당당해져야 한다. 그래야 우리 아이도 그런 엄마를 자랑스러워할 수 있다.

좋은 부모 콤플렉스는 강박관념이 만들어 낸 허상일 뿐이다. 완전한 부모가 되어야 한다는 엄격한 틀은 미안함과 죄책감으로 연결된다. 그 무의식이 저절로 아이에게 스며들어 나중에는 아이도 당연하게 받아들인다. 아무렇지 않게 스스로 잘 걷고 있는 아이에게 오히려 독이 된다. 부모의 죄책감은 자기 위안이나 합리화일 뿐이다.

부모는 평생 자식의 일에 민감한 존재일 수밖에 없다. 시대가 더 빠르게 변한다 해도 그 사실만큼은 변함이 없을 것이다. 왜일까. 조건 없는 사랑이 전제되어 있기 때문이다. 길 조심, 차 조심, 사람 조심하라는 부모의 잔소리는 다섯 살 먹은 아이나 오십 가까운 장성한 자식에게나 한결같다. 우리도 그 깊은 사랑을 받았기에 제대로 사랑을 주어야 한다. 그러기 위해서는 미안하다는 말을 자녀에게 쉽게 내뱉지 않아야 한다. 사랑스러운 자녀가 내 품에 안기는 것만으로도 우리는 이미 최고의 부모다.

재미와 의미를 찾는 부모의 삶

봄비가 제법 내립니다. 베란다 창문 너머로 들리는 빗소리가 듣기 좋습니다. '타닥타닥 타다닥……' 글을 쓰다 막힐 때 멈칫하게 되는 키보드 소리와 닮은 소리입니다. 거센 비바람이 몰아칠 때보다 마음이 한결 더 편안해집니다. 열심히 글을 써온 제게 봄비가 건네는 위로인 듯합니다.

지난 8개월 동안 컴퓨터 자판과 혼연일체가 되었던 원고를 이제 떠나보내야 하는 시간이 되었네요. 퇴고하면서 계속 생각했습니다. 내 글을 읽는 독자들에게 어떤 말을 전하고 싶은가, 어떤 도움을 줄 수 있을까, 독자들은 무엇을 궁금해할까. 저의 개인적인 경험과 사례가 조금이나마 자녀와의 소통을 수월하게 해줄 수 있길 바라면서 집필했습니다.

이번 책에서는 제가 엄마로서 살아온 이야기를 꺼냈습니다. 또한, 간접 경험을 통한 제 가치관을 적어보기도 했는데요. '육아 철학'이라는 키워드를 보고 이 책을 집어 든 여러분께 전하고 싶은 메시지를 정리해 봅니다.

첫째, 자녀를 있는 그대로 바라봐 주면 좋겠습니다.

부모가 자녀에게 갖는 기대심리는 지극히 당연합니다. 애지중지 키운 자식이 이왕이면 세상의 중심에서 인정받고 성공한 삶을 살았으면 하는 바람이니까요. 다만, 그 성공의 기준을 부모의 기준대로만 정했을 때 자녀와의 소통은 어려워진다는 것을 잊지 말아야 합니다. 제가 엄마와 오랜 시간 힘들었던 것은 소통하지 못했기 때문이거든요. 자녀의 이야기를 충분히 들어주면 좋겠습니다. 자녀가 행복한 삶을 살아갈 수 있는 첫 번째 조건이 바로 '있는 그대로' 인정해주는 것입니다. 그러기 위해서는 부모의 삶도 흔들리지 않는 원칙을 세워야 하겠지요. 기대심리를 낮춰야 합니다. 다른 아이들과의 비교는 최악입니다. 수수한 들꽃은 들꽃대로, 화려한 장미는 장미대로 아름다우니까요. 부모가 자녀를 품는 사랑이야말로 가장 위대한 삶의 본질이라고 말할 수 있습니다. 자녀의 존재 자체만으로 충분히 사랑을 전할 수 있는 유일한 사람이 바로 부모이기 때문이지요.

둘째, 자녀의 독립적인 삶을 위해 부모의 삶이 자유로워져야 합니다.

독립적이다는 말을 다른 말로 표현하자면 자유롭다는 말로 해석할 수 있습니다. 물론 질서 속의 자유가 있을 때 독립적이다는 말에 신뢰가 생기겠지요. 엄마의 틀에 갇혀버린 저는 사고방식의 변화 없이 학창시절을 보냈습니다. 엄마 말이 법이고, 정답이고, 따라야 하는 권력이었습니다. 혼자서는 아무것도 할 수 없는 아이로 오랜 시간 지냈습니다. 스스로 결정하고 선택하는 힘이 곧 '자유'입니다. 그 힘을 기를 수 있도록 선택권을 주세요. 불안하시다고요? 걱정되신다고요? 괜찮습니다. 어리지만 자기 자신을 믿는 힘이 부모인 우리보다 훨씬 강합니다. 한 번쯤은 믿고 맡겨서 기꺼이 실패를 경험하도록 기회를 주는 것입니다. 부모는 조급해져서는 안 됩니다. 느긋해야 합니다. 시행착오를 겪는 과정도 덤덤하게 지켜볼 줄 알아야겠지요. 그러기 위해서 부모의 꿈을 향해 힘껏 달려가 보는 겁니다. 부모의 정체성을 찾고 열심히 나아갈 때 비로소 자녀에게 집착하지 않게 됩니다. 한발 물러나 객관적으로 바라볼 수 있게 됩니다. 꿈을 향해 열심히 사는 모습을 보여준다면 자녀들 또한 자신의 삶을 열심히 찾아갈 것입니다.

셋째, 끊임없이 공부하는 부모가 되면 좋겠습니다.

작가가 되고부터 종일 노트북 앞에 앉아 책 읽고, 글 쓰고, 강의 준비를 하며 시간을 보냅니다. 그런 모습을 본 둘째 녀석이 엄마는 너무 열심히 사는 것 같다며 좀 쉬라고 말합니다. "내 친구 엄마들은 엄마처럼 그렇게 열심히 공부하지 않아. 그래서 친구들이 엄마를 다 좋아해." 그런 말을 들으니 뿌듯했습니다. 그리고 큰아들은 늘 '작가님!'이라는 호칭으로 불러줍니다. 어릴 적부터 엄마가 교육받고 공부하는 모습을 자랑스러워했습니다. 책 읽고 공부하는 모습을 보여준 게 전부입니다. 공부 잘하는 아이로 키우려는 것이 아니고, 무엇이든지 열심히 하는 아이로 키우고 싶었습니다. 힘들어도 제 할 일을 다 해내는 아이였으면 하는 바람으로 저도 묵묵히 해내는 모습을 보여주었습니다. 부모가 공부한다고 생색내거나 잔소리할 필요는 없겠지요. 자녀를 위해서가 아니라 더 나은 부모 자신의 미래를 위한 시간이니까요. 내가 성장하는 시간 동안 아이와 함께하는 것, 무의식중에 뭉근하게 스며드는 것, 그것이 전부입니다.

부모가 자녀를 사랑하는 것은 조건이 없습니다. 굳이 작정하고 사랑해야겠다고 결심하지 않아도 되겠지요. 하지만 그 사랑에도 고비가 찾아옵니다. 순간순간 힘들고 불편한 관계가 되기도 합니다. 그럼에도 어쩌면 기꺼이 아픔을 마주하겠다는 자세가 사랑하는 사람의 용기일지 모릅니다. 불안하고 걱정되어도 아이 스스로 단단해지기까지 제대로 믿어주고 사랑해 주어야 합니다. 아이 스스로 알을 깨고 나올 수 있도록 우리는 여유 있게 지켜봐 주는 지혜가 필요하겠지요. 우리는 '부모'라는 또 하나의 이름으로 살아가고 있으니까요.

인간은 두 가지의 아름다움으로 살아간다고 하지요. 바로 '재미'와 '의미'입니다. 자녀교육을 어렵고 힘들다고만 생각하지 않았으면 좋겠습니다. 의미 있는 삶을 살아가는 중에 우리 아이들은 재미를 주고 희망을 줍니다. 즐겁고 유쾌하게 사랑하고 소통하는 부모와 자녀가 되길 소망합니다.

며칠 전, 한 작가님의 글쓰기 수업 후기를 읽었습니다. 함께 글쓰기를 공부하고 있는 작가님이셨지요. 수업내용에 진심과 감사를 담은 글이었습니다. 수업은 효과적인 독서법이었습니다. 긴 편지와도 같은 장문의 후기를 단숨에 읽어 내려갔습니다. 후기 글에는 지난번 출간된 제 책《슈퍼우먼, 아니어도 괜찮습니다》의 한 구절이 보였습니다. "귀하고 가치 있는 말을 하고 살면 다른 사람을 살리기 전에 내 삶이 가장 풍요롭고 축복이 된다는 사실을 잊지 말았으면 한다." 이 문장을 읽고 느낀 점을 진솔하게 적어 주셨습니다. 말이 삶에 미치는 영향을 전하고 싶은 제 의도를 정확히 알아차리신 이정숙 작가님, 감사합니다. "아름다운 말은 내 삶도 아름답게 만듭니다."라고 쓰신 마지막 문장을 몇 번이나 읽었는지 모릅니다. 기쁘고 행복했습니다. '가슴 벅차다.'라는 말이 어떤 의미인지 알 것 같았지요. 작가로서 누리는 최고의 행복이자 사치를 누리는 시간이었습니다. 작가는 글로 사랑을 받을 때 가슴 뜁니다. 그 에너지를 주신 덕분에 끝까지 최선을 다해 이 책을 마무리할 수 있었습니다. 지면을 빌어 깊은 감사를 전합니다. 말은 곧 삶이 되고 그 삶은 다시 글이 됩니다. 또 그 글은 삶을 더 견고하게 만드는 귀한 도구가 됩니다. 여러분도 힘이 되는 문장 한두 개쯤 붙들고 살아가시길 응원합니다.

이제 곧 뜨거운 여름이 찾아올 테지요. 저는 그 타오르는 열기만큼이나 계속 열심히 읽고 쓰는 삶을 살아가겠습니다. 또한 '독서와 글쓰기'로 여러분을 만나 '말과 글'을 전하는 작가와 강연가로 뵙겠습니다.

고맙습니다.

2023년 여름을 맞이하며
김 한 송

부모가 가져야 할 육아 철학

초판인쇄	2023년 7월 25일
초판발행	2023년 7월 28일

지은이	김한송
발행인	조현수, 조용재
펴낸곳	도서출판 프로방스
기획	조용재
마케팅	최관호 최문섭
편집	이승득
디자인	호기심고양이

주소	경기도 고양시 일산동구 백석2동 1301-2
	넥스빌오피스텔 704호
전화	031-925-5366~7
팩스	031-925-5368
이메일	provence70@naver.com
등록번호	제2016-000126호
등록	2016년 06월 23일

정가 16,800원
ISBN 979-11-6480-328-6 03850